www.ingramcontent.com/pod-product-compliance
Lightning Source LLC
LaVergne TN
LVHW010840051026
849532LV00007B/2769
* 9 7 8 9 3 6 9 0 8 6 8 6 3 *

یادگار کلاسیکی افسانے

(حصہ : دوم)

مرتب:

سید حیدرآبادی

Yaadgaar Classic Afsane - Part:2 *(Short Stories)*
by: Syed Hyderabadi
Edition: October '2025
Publisher :
Taemeer Publications LLC (Michigan, USA / Hyderabad, India)

ISBN 978-93-6908-686-3

کتاب	:	**یادگار کلاسیکی افسانے** (حصہ : دوم)
مرتب	:	**سید حیدرآبادی**
صنف	:	فکشن
ناشر	:	تعمیر پبلی کیشنز (حیدرآباد، انڈیا)
سالِ اشاعت	:	۲۰۲۵ء
صفحات	:	۹۴
سرورق ڈیزائن	:	تعمیر ویب ڈیزائن

فہرست

تائی ایسری

کرشن چندر

میں گرانٹ میڈیکل کالج کلکتہ میں ڈاکٹری کا فائنل کورس کر رہا تھا اور اپنے بڑے بھائی کی شادی پر چند روز کے لئے لاہور آگیا تھا۔ یہیں شاہی محلے کے قریب کوچہ ٹھاکر داس میں ہمارا جہاں آبائی گھر تھا، میری ملاقات پہلی بار تائی ایسری سے ہوئی۔

تائی ایسری ہماری سگی تائی تو نہ تھی، لیکن ایسی تھیں کہ انہیں دیکھ کر ہر ایک کا جی انہیں تائی کہنے کے لئے بے قرار ہو جاتا تھا۔ محلے کے باہر جب ان کا تانگہ آکے رکا اور کسی نے کہا، "لو تائی ایسری آگئیں" تو بہت سے بوڑھے، جوان، مرد اور عورتیں انہیں لینے کے لئے دوڑے۔ دو تین نے سہارا دے کر تائی ایسری کو تانگے سے نیچے اتارا، کیونکہ تائی ایسری فربہ انداز تھیں اور چلنے سے یا باتیں کرنے سے یا محض کسی کو دیکھنے ہی سے ان کی سانس پھولنے لگتی تھی۔ دو تین رشتہ داروں نے یک بارگی اپنی جیب سے تانگہ کے کرائے کے پیسے نکالے۔ مگر تائی ایسری نے اپنی پھولی ہوئی سانسوں میں ہنس کر سب سے کہہ دیا کہ وہ تو پہلے ہی تانگہ والے کو کرایہ کے پیسے دے چکی ہیں اور جب وہ یوں اپنی پھولی سانسوں کے درمیان باتیں کرتی کرتی ہنسیں تو مجھے بہت اچھی معلوم ہوئیں۔ دو تین رشتہ داروں کا چہرہ اتر گیا اور انہوں نے پیسے جیب میں ڈالتے ہوئے کہا، "یہ تم نے کیا کیا تائی؟ ہمیں اتنی سی خدمت کا موقع بھی نہیں دیتی ہو!" اس پر تائی نے کوئی جواب نہیں دیا۔

انہوں نے اپنے قریب کھڑی ہوئی ایک نوجوان عورت سے پنکھی لے لی اور اسے جھلتے ہوئے مسکراتی ہوئی آگے بڑھ گئیں۔

تائی ایسری کی عمر ساٹھ سال سے کم نہ ہوگی، ان کے سر کے بال کھچڑی ہو چکے تھے اور ان کے بھرے بھرے گول مٹول چہرے پر بہت اچھے لگتے تھے۔ ان کا پھولی پھولی سانسوں میں معصوم باتیں کرنا تو سب کو ہی اچھا لگتا تھا۔ لیکن مجھے ان کے چہرے میں ان کی آنکھیں بڑی غیر معمولی نظر آئیں۔ ان آنکھوں کو دیکھ کر مجھے ہمیشہ دھرتی کا خیال آیا ہے۔ میلوں دور تک پھیلے ہوئے کھیتوں کا خیال آیا ہے۔ اس کے ساتھ ساتھ یہ خیال بھی آیا ہے کہ ان آنکھوں کے اندر جو محبت ہے، اس کا کوئی کنارہ نہیں، جو معصومیت ہے اس کی کوئی اتھاہ نہیں، جو درد ہے اس کا کوئی درماں نہیں۔

میں نے آج تک ایسی آنکھیں کسی عورت کے چہرے پر نہیں دیکھیں جو اس قدر وسیع اور بے کنار ہوں کہ زندگی کا بڑے سے بڑا اور تلخ سے تلخ تجربہ بھی ان کے لئے ایک تنکے سے زیادہ حیثیت نہ رکھے۔ ایسی آنکھیں جو اپنی پنہائیوں میں سب کچھ بہا لے جائیں، ایسی انوکھی، معاف کر دینے والی، درگزر کر دینے والی آنکھیں میں نے آج تک نہیں دیکھیں۔ تائی ایسری نے کاسنی شاہی کا گھاگھرا پہن رکھا تھا۔ جس پر سنہری گوٹے کا لہریہ یا چمک رہا تھا۔ ان کی قمیض بسنتی ریشم کی تھی، جس پر زری کے پھول کڑھے ہوئے تھے۔ سر پر دوہرے ململ کا قرمزی دوپٹہ تھا۔ ہاتھوں میں سونے کے گوکھرو تھے۔ جب وہ گھر کے دالان میں داخل ہوئیں تو چاروں طرف شور مچ گیا۔ بہوئیں اور خالائیں اور نندیں اور بھاوجیں، موسیاں اور چچیاں سب تائی ایسری کے پاؤں چھونے کو دوڑیں۔ ایک عورت نے جلدی سے ایک رنگین پیڑھی کھینچ کر تائی ایسری کے لئے رکھ دی اور تائی ایسری ہنستے ہوئے اس پر بیٹھ گئیں اور باری باری سب کو گلے لگا کر سب کے سر پر ہاتھ

پھیر کر سب کو دعا دینے لگیں۔

اور ان کے قریب ہیر ومہری کی بیٹی سوتری خوشی سے اپنی باچھیں کھلائے زور زور سے پنکھا جھل رہی تھی۔ تائی ایسری گھر سے رنگین کھچی کی ایک ٹوکری لے کر آئی تھیں جو ان کے قدموں میں ان کی پیڑھی کے پاس ہی پڑی تھی۔ وہ باری باری سے سب کو دعائیں دیتی جاتیں اور کھچی والی ٹوکری کھول کر اس میں سے ایک چونی نکال کر دیتی جاتیں۔ کوئی ایک سو چونیاں انہوں نے اگلے بیس منٹ میں بانٹ دی ہوں گی، جب سب عورتیں اور مرد، لڑکے اور بچے بالے ان کے پاؤں چھو کر اپنی اپنی چونی لے چکے تو انہوں نے اپنی ٹھوڑی اونچی کر کے پنکھا جھلنے والی لڑکی کی طرف دیکھا اور اس سے پوچھا، "تو کون ہے؟"

"میں سوتری ہوں۔" بچی نے شرماتے ہوئے جواب دیا۔

"آئے ہائے، تو جے کشن کی لڑکی ہے؟ میں تو بھول ہی گئی تھی تجھے۔ آجا گلے سے لگ جا۔"

تائی ایسری نے اس کو گلے سے لگالیا، بلکہ اس کا منہ بھی چوم لیا اور جب انہوں نے اسے اپنی کھچی والی ٹوکری سے نکال کر چونی دی تو گھر کی ساری عورتیں قہقہہ مار کر ہنس پڑیں اور موسی کرتار و اپنی نیلم کی انگوٹھی والی انگلی نچا کر بولی، "تائی، یہ تو جے کشن کی بیٹی سوتری نہیں ہے، یہ تو ہیر ومہری کی بیٹی ہے۔"

"ہائے میں مرگئی۔" تائی ایسری ایک دم گھبرا کر بولی، ان کی سانس پھول گئی۔ "ہائے اب تو مجھے نہانا پڑے گا، میں نے اس کا منہ بھی چوم لیا ہے۔ اب کیا کروں۔" تائی ایسری نے اپنی بڑی بڑی حیران نگاہوں سے مہری کی بیٹی سوتری کی طرف دیکھا، جو اب اس طرح دھتکارے جانے پر سسکنے لگی تھی۔ یکایک تائی کو اس پر رحم آگیا۔ انہوں نے

پھر اسے بانہہ سے پکڑ کر چمٹا لیا، "ناں! ناں! تو کیوں روتی ہے، تو تو انجان ہے، تو تو دیوی ہے، تو تو کنواری ہے، تیرے من میں تو پرمیشور بستے ہیں۔ تو کیوں روتی ہے، مجھے تو اپنے دھرم کے کارن نہانا ہی پڑے گا۔ پر تو کیوں روتی ہے۔ ایک چونی اور لے۔"

تائی ایسری سے دوسری چونی پا کر مہری کی بیٹی سوتری اپنے آنسو پونچھ کر مسکرانے لگی۔ تائی ایسری نے ایک بازو اٹھا کر پرے دالان میں گزرتی ہوئی ہیرو مہری کو دیکھ کر بلند آواز میں کہا، "نی ہیرو۔ میرے اشنان کے لئے بھی پانی رکھ دے۔ تجھے بھی ایک چونی دوں گی۔" اس پر ساری محفل لوٹ پوٹ ہو گئی۔

تائی ایسری کو کئی لوگ چونی والی تائی کہتے تھے۔ کئی لوگ کنواری تائی کہتے تھے۔ کیونکہ یہ بھی مشہور تھا کہ جس دن سے تایا یودھ راج نے تائی ایسری سے شادی کی تھی۔ اس دن سے آج تک وہ کنواری کی کنواری چلی آ رہی تھیں، کیوں کہ سنانے والے تو یہ بھی سناتے ہیں کہ تایا یودھ راج نے اپنی شادی سے پہلے جوانی میں اتنی خوبصورت عورتیں دیکھ ڈالی تھیں کہ جب ان کی شادی گاؤں کی اس سیدھی سادی لڑکی سے ہوئی تو شادی کے پہلے روز ہی وہ انہیں بالکل پسند نہ آئی۔ جب سے انہوں نے شادی کر کے انہیں بالکل اکیلا چھوڑ دیا تھا۔ مگر کسی طرح کی سختی نہیں کرتے تھے۔

تایا یودھ راج ہر ماہ پچھتر روپے اسے بھیجتے تھے۔ وہ گاؤں میں رہتی تھیں، اپنے سسرال کے ہاں۔۔۔ اور سب کی خدمت کرتی تھیں اور تایا یودھ راج جالندھر میں لوہے کا بیوپار کرتے تھے اور کئی کئی سال اپنے گاؤں میں نہیں جاتے تھے۔ میکے والوں نے کئی بار آ کر تائی کو لے جانا چاہا مگر انہوں نے صاف انکار کر دیا۔ میکے والوں نے یہ بھی چاہا کہ ان کی شادی پھر سے کر دی جائے۔ مگر تائی اس کے لئے بھی راضی نہ ہوئیں۔ وہ ایسے انہماک سے اپنے سسرال کے لوگوں کی خدمت کرتی رہیں کہ سسرال والے خود انہیں

اپنی بیٹی اور بہو سے زیادہ چاہنے لگے۔ تایا یودھ راج کے باپ مانک چند نے تو اپنے گھر کی ساری چابیاں تائی ایسری کے سپرد کر دی تھیں اور ساس بھی اس حد تک چاہنے لگی تھی کہ انہوں نے اپنے سارے گہنے پاتے نکال کر تائی ایسری کی تحویل میں دے دیئے تھے۔ ویسے بہت سی عورتوں کو دیکھ کر یہ خیال بھی آتا ہے کہ جوانی میں کیسی رہی ہوں گی۔ مگر تائی ایسری کو دیکھ کر کبھی یہ خیال بھی نہ آیا۔ ہمیشہ یہی خیال آتا ہے کہ تائی ایسری شاید بچپن سے بلکہ جنم ہی سے ایسی پیدا ہوئی ہوں گی۔ پیدا ہوتے ہی انہوں نے اپنی ماں کو ہاتھ پھیلا کر آشیر واد دی ہو گی اور شاید بڑے میٹھے مہربان لہجے میں یہ بھی کہا ہو گا۔ تجھے میرے لئے بہت دکھ اٹھانے پڑے۔ اس لئے یہ لو ایک چونی!

شاید اسی لئے اپنے شوہر سے بھی ان کے تعلقات بے حد خوشگوار تھے۔ تایا یودھ راج ہمارے رشتہ داروں کی نظر میں شرابی، کبابی اور رنڈی باز تھے۔ وہ لوہے کے بڑے بیوپاری تھے تو کیا ہوا، انہیں اس طرح سے تائی ایسری کی زندگی برباد نہ کرنا چاہئے۔ مگر جانے کیا بات تھی، تائی ایسری کو قطعاً اپنی زندگی برباد ہونے کا کوئی غم نہ تھا۔ ان کے طرز عمل سے معلوم ہوتا تھا۔ جیسے انہیں اس بات کا بھی علم نہیں ہے کہ کسی نے ان کی زندگی برباد کی ہے۔ ہر وقت ہنستی کھیلتیں باتیں کرتیں، ہر ایک کے سکھ اور دکھ میں شامل ہونے اور خدمت کرنے کے لئے تیار نظر آتیں۔ یہ تو بالکل ناممکن تھا کہ پڑوس میں کسی کے ہاں خوشی ہو اور وہ اس میں شریک نہ ہوں، کسی کے ہاں کوئی غم ہو اور وہ اس میں حصہ نہ بٹائیں۔ تائی ایسری کے شوہر امیر تھے، مگر وہ خود تو امیر نہ تھیں۔ پچھتر روپے جو انہیں ماہوار ملتے تھے وہ انہیں ہمیشہ دوسروں پر خرچ کر دیتی تھیں۔ مگر وہ سستے زمانے کے پچھتر روپے تھے۔ اسی لئے بہت سے لوگوں کے دکھ درد، دور ہو جاتے تھے۔ مگر لوگ ان سے ان کی وقت بے وقت کی مدد کی وجہ سے پیار نہیں کرتے تھے۔ ایسے ہی بہت سے موقع

آتے تھے، جب تائی ایسری کی جیب میں ایک چھدام تک نہ ہوتا تھا۔ اس وقت بھی لوگ بے مزہ نہ ہوئے بلکہ یہی کہتے سنے گئے کہ تائی ایسری کے چرن چھو لینے ہی سے دل کو شانتی مل جاتی ہے۔

مگر جتنی اچھی تائی ایسری تھیں، تایا یودھ راج اتنے ہی برے تھے۔ تیس برس تک تو انہوں نے تائی ایسری کو اپنے ماں باپ کے گھر گاؤں ہی میں رکھا اور جب ان کے ماں باپ دونوں ہی مر گئے اور گھر خالی ہو گیا، گھر کے دوسرے افراد بڑے ہو گئے اور شادیاں کر کے اور اپنے گھر بسا کے دوسری جگہوں پر چلے گئے تو انہیں بادل نخواستہ تائی ایسری کو بھی جالندھر بلوانا پڑا۔ مگر یہاں تائی ایسری چند دنوں سے زیادہ نہ رہ سکیں۔ کیونکہ پکا باغ کے معزز پٹھانوں کی ایک لڑکی سے تایا یودھ نے یارانہ گانٹھنے کی کوشش کی تھی۔ نتیجہ میں انہیں جالندھر سے بھاگ کر لاہور آنا پڑا، کیوں کہ پکا باغ کے پٹھانوں نے آ کر تائی ایسری سے کہہ دیا تھا کہ صرف تمہاری وجہ سے ہم نے اسے زندہ چھوڑ دیا ہے۔ اب بہتر یہی ہے کہ تم اپنے گھر والے کو لے کر کہیں چلی جاؤ ورنہ ہم اسے زندہ نہ چھوڑیں گے اور تائی ایسری اس واقعہ کے چند روز بعد ہی تایا کو لے کر لاہور آ گئیں۔

محلہ ونجاراں میں انہوں نے ایک چھوٹا سا مکان لے لیا تھا۔ خوش قسمتی سے یا بد قسمتی سے یہاں بھی تایا یودھ راج کا بیوپار چند مہینوں میں چمک گیا۔ اسی اثناء میں انہوں نے شاہی محلے کی ایک طوائف چھمی سے دوستی کر لی اور ہوتے ہوتے یہ قصہ یہاں تک بڑھا کہ اب انہوں نے مستقل طور پر اسی چھمی کے گھر رہنا شروع کر دیا تھا اور محلہ ونجاراں میں قدم تک نہ دھرتے تھے۔ لیکن تائی ایسری کو دیکھ کر کبھی کوئی یہ نہیں کہہ سکتا تھا کہ انہیں اس امر کا اتنا سا بھی ملال ہوا ہوگا۔

یہ وہ زمانہ تھا، جب تایا یودھ راج اور چھمی طوائف کا قصہ زوروں پر تھا۔ انہی دنوں

ہمارے بڑے بھائی کی شادی ہوئی۔ شادی میں تایا یودھ راج تو شریک نہ ہوئے، لیکن تائی نے رشتہ داروں، مہمانوں اور برات کی خدمت گزاری میں دن رات ایک کر دیا۔ ان کی خوش مزاجی سے پیچیدہ سے پیچیدہ گتھیاں بھی سلجھ گئیں۔ چہرے پر چڑھی ہوئی تیوریاں اتر گئیں اور جبینیں شکنوں سے صاف اور منور ہوتی گئیں۔ اس میں تائی کی کاوش کو کوئی دخل نہ تھا۔ سکون کی شعاعیں گویا خود بخود ان کے جسم سے پھوٹتی تھیں۔ انہیں دیکھتے ہی ہر ایک کا غصہ اتر جاتا۔ پیچیدہ سے پیچیدہ الجھنیں خود بخود سلجھ جاتیں۔ گھر بھر میں بشاشت بکھر جاتی، ایسی تھیں تائی ایسری۔

میں نے تائی ایسری کو کبھی کسی کی برائی کرتے نہیں دیکھا۔ کبھی قسمت کا گلہ کرتے نہیں دیکھا۔ ہاں ایک بار ان کی آنکھوں میں ایک عجیب سی چمک دیکھی تھی اور وہ واقعہ اسی شادی سے متعلق ہے۔

بڑے بھائی صاحب تو رات بھر شادی کی بیری پر بیٹھے رہے۔ صبح کے پانچ بجے شادی کے بعد لڑکی والوں نے اپنے گھر کے ہال کو جہیز کا سامان دکھانے کے لئے سجا دیا۔ پرانے زمانے تھے۔ اس زمانے میں صوفوں کی بجائے رنگین پیڑھیاں دی جاتی تھیں اور منقش پایوں والے پلنگ دیئے جاتے تھے۔ اس زمانے میں ڈرائنگ روم کو بیٹھک یا دیوان خانہ کہا جاتا۔ میرے بڑے بھائی کے سسر ملٹری میں ایگزیکٹو آفیسر تھے۔ چونکہ وہ پہلے ہندوستانی ایگزیکٹو آفیسر تھے۔ اس لئے انہوں نے جہیز میں بہت کچھ دیا تھا اور ساری ہی نئے فیشن کی چیزیں دی تھیں۔ ہماری برادری میں پہلی بار جہیز میں صوفہ سیٹ دیا گیا۔ ساری برادری میں اس صوفہ سیٹ کی دھوم مچ گئی۔ دور دور کے محلوں سے بھی عورتیں "انگریجی پیڑھیوں" کو دیکھنے کے لئے آنے لگیں۔ تائی ایسری کے لئے بھی صوفہ سیٹ دیکھنے کا پہلا موقعہ تھا۔ پہلے تو بڑی حیرانی سے اسے دیکھتی رہیں۔ اس پر ہاتھ پھیر کر من

ہی من میں کچھ بڑبڑاتی رہیں۔ آخر ان سے رہا نہ گیا تو انہوں نے مجھ سے پوچھ ہی لیا، "وے کاکا۔ اس کو صوفہ سیٹ کیوں بولتے ہیں؟"

اب میں اس کا جواب کیا دیتا۔ سر ہلا کر کہنے لگا، "مجھے نہیں معلوم تائی!"

"اچھا تو اس کی دو کرسیاں چھوٹی کیوں ہیں اور وہ تیسری کرسی لمبی کیوں ہے؟"

میں پھر لاجواب ہو گیا۔ خاموشی سے انکار میں سر ہلا دیا۔

تائی دیر تک سوچتی رہیں۔ پھر یکایک جیسے ان کی سمجھ میں کچھ آگیا۔ ان کا چہرہ، ان کی معصوم سی مسکراہٹ سے روشن ہو اٹھا۔ بولیں، "میں بتاؤں؟"

"میں نے کہا، "بتاؤ تائی!"

وہ ہم سب کو بچوں کی طرح سمجھاتے ہوئے بولیں، "دیکھو، میرا خیال ہے کہ یہ لمبا صوفہ تو اس لئے بنا ہے کہ جب دونوں میاں بیوی میں صلح ہو تو وہ دونوں اس لمبے صوفے پر بیٹھیں اور جب ان دونوں میں لڑائی ہو تو الگ الگ ان دو چھوٹے چھوٹے صوفوں پر بیٹھیں۔ سچ مچ یہ انگریز بڑے عقل مند ہوتے ہیں جبھی تو ہم پر حکومت کرتے ہیں۔"

تائی کی دلیل سن کر محفل میں ایک زوردار قہقہہ پڑا۔ مگر میں نے دیکھا کہ تائی یہ سوچ کر اور بات کہہ کر چپ سی ہو گئیں۔ کیا اس وقت انہیں اپنا اور اپنے خاوند کا جھگڑا یاد آیا تھا۔ یہ تو میں نہیں کہہ سکتا۔

میں نے جب غور سے ان کی آنکھوں میں دیکھا تو ایک پل کے لئے مجھے ان کی آنکھوں میں ایک عجیب سی چمک نظر آئی۔ پھر مجھے محسوس ہوا، جیسے دریا کا پاٹ بہت چوڑا ہو گیا ہو۔

کلکتہ سے ایم۔ بی۔ بی۔ ایس کرنے کے بعد میں نے وہیں ایک بنگالی لڑکی سے شادی کر لی اور دھرم تلے میں پریکٹس کرنے لگا۔ کئی سال کوشش کرتا رہا مگر پریکٹس نہ چلی۔

چنانچہ اپنے بڑے بھائی کے اصرار پر لاہور چلا آیا۔ بھائی صاحب نے کوچہ ٹھاکر داس کے نکڑ پر مجھے دوکان کھول دی اور میں اپنے گھر میں یعنی اپنے محلے میں اپنی برادری ہی کے سہارے پریکٹس چلانے لگا۔ کلکتہ میں، میں بالکل اناڑی تھا اور زندگی کا تجربہ بھی نہ تھا۔ یہاں آکر جب آٹھ دس برسوں میں گاہک کو پھانسنے کی ترکیب سمجھ میں آئی تو پریکٹس خود بخود چل نکلی۔ اب دن رات مصروف رہتا تھا۔ بچے بھی ہو گئے تھے۔ اس لئے زندگی سوت کی انٹی کی طرح ایک ہی مدار پر چکر کھانے لگی۔ ادھر ادھر جانے کا موقع کم ملتا تھا۔ اب تو کئی برس سے تائی ایسری کا منہ نہ دیکھا تھا مگر اتنا سن رکھا تھا کہ تائی ایسری اس مکان میں محلہ ونجاراں میں رہتی ہیں اور تایا یودھ راج شاہی محلے میں اسی چھمی کے مکان میں رہتے ہیں اور کبھی کبھی دوسرے تیسرے مہینے تائی ایسری کی خبر لینے آجاتے ہیں۔

ایک روز میں صبح کے وقت مریضوں کی بھیڑ میں بیٹھا نسخے تجویز کر رہا تھا کہ محلہ ونجاراں کے ایک آدمی نے آکر کہا، "جلدی چلئے ڈاکٹر صاحب، تائی ایسری مر رہی ہیں!"

میں اسی وقت سب کام چھوڑ چھاڑ کر اس آدمی کے ساتھ ہو لیا۔ محلہ ونجاراں کے بالکل اس آخری سرے پر تائی ایسری کا مکان تھا۔ پہلی منزل کی سیڑھیاں چڑھ کر جب میں آہنی سلاخوں والے موکھے سے گزر کر ان کے نیم تاریک کمرہ میں داخل ہوا تو وہ بڑے بڑے تکیوں کا سہارا لئے پلنگ سے لگی بیٹھی تھی۔ ان کی سانس زور زور سے چل رہی تھی اور انہوں نے بڑے زور سے اپنے دائیں ہاتھ سے بائیں طرف گویا اپنے دل کو پکڑ رکھا تھا۔ مجھے دیکھ کر ہی وہ پھولے پھولے سانسوں میں مسکرانے لگیں۔ بولیں، "تو آگیا پتر۔ اب میں بچ جاؤں گی۔"

"کیا تکلیف ہوگئی ہے تائی؟"

"ہوتا کیا، موت کا بلاوا آگیا تھا۔ دو دن مجھے سخت کس (بخار) رہی۔ پھر ایکا ایکی جسم

ٹھنڈا ہونے لگا۔ (بیان کرتے کرتے تائی کی آنکھوں کی پتلیاں پھیلنے لگیں) پہلے ٹانگوں سے جان گئی۔ ٹانگوں کو ہاتھ لگاؤ تو ٹھنڈی یخ، چٹکی بھرو بھرو تو کچھ محسوس نہ ہو، پھر دھیرے دھیرے میری جان کمر سے نکل گئی اور جب میری جان اوپر سے بھی نکلنے لگی تو میں نے زور سے اپنے کلیجہ کو پکڑ لیا۔" تائی اپنے دائیں ہاتھ سے بائیں طرف اپنے دل والے حصے کو اور زور سے پکڑ کر بولیں، "تو میں نے زور سے اپنے کلیجہ کو پکڑ لیا اور چلائی، ارے کوئی ہے، کوئی ہے تو جائے اور جے کشن کے بیٹے رادھا کشن کو بلا کے لائے، وہی مجھے ٹھیک کر سکتا ہے۔۔۔اب تم آ گئے ہو، اب۔۔۔اب میں بچ جاؤں گی۔" تائی ایسری نے مکمل طمانیت سے کہا۔

میں نے اپنا ہاتھ تائی کے دائیں ہاتھ کی طرف بڑھاتے ہوئے کہا، "تائی ذرا اپنا یہ ہاتھ ادھر کرو، تمہاری نبض تو دیکھوں۔"

ایک دم تائی دوسرے ہاتھ سے میرا ہاتھ جھٹک کر بولیں، "ہائے وے تم کیسے ڈاکٹر ہو، تجھے اتنا نہیں معلوم کہ اس ہاتھ سے تو میں نے اپنی جان پکڑ رکھی ہے، اس ہاتھ کی نبض تجھے کیسے دکھا سکتی ہوں۔"

تائی چند ہفتوں میں اچھی ہو گئیں۔ انہیں بلڈ پریشر کی شکایت تھی۔ جب وہ جاتی رہی تو پھر اٹھ کر گھومنے لگیں اور اپنے پرائے سب کے سکھ دکھ میں بدستور شریک ہونے لگیں۔ لیکن جب وہ اچھی ہوئیں تو اس کے چند ماہ بعد ہمارے تایا یودھ راج کا انتقال ہو گیا۔ وہیں پچھمی کے گھر شاہی محلے میں ان کا انتقال ہوا۔ وہیں سے ان کی ارتھی اٹھی کیوں کہ تائی نے ان کی لاش کو گھر لانے کی اجازت نہیں دی تھی۔ تائی نہ ارتھی کے ساتھ گئیں نہ انہوں نے شمشان گھاٹ کا رخ کیا نہ ان کی آنکھوں سے آنسو کا ایک قطرہ تک نکلا تھا۔ انہوں نے خاموشی سے اپنے سہاگ کی چوڑیاں توڑ ڈالیں۔ رنگین کپڑے اتار

کر سپید دھوتی پہن لی اور ماتھے کی سیندور پونچھ کر چولہے کی راکھ اپنے ماتھے پر لگالی۔ مگر ان کے دھرم کرم میں اور کسی طرح کا فرق نہ آیا بلکہ اپنے سفید بالوں سے وہ اب اس سفید دھوتی میں اور بھی اچھی لگ رہی تھیں۔ تائی کی اس حرکت پر برادری میں چہ میگوئیاں ہوئیں، سب کو اچنبھا ہوا۔ کچھ لوگوں نے برا بھی مانا۔ مگر تائی کی عزت اس قدر تھی کہ ان کے سامنے زبان کھولنے کی کسی کو ہمت نہ پڑی!

چند برس اور گزر گئے۔ اب میری پریکٹس اس قدر چمک اٹھی تھی کہ میں نے محلہ ٹھاکر داس کے شاہ عالمی گیٹ کے اندر کوچہ کرماں اور وچھو والی کے چوک میں بھی پریکٹس شروع کر دی تھی۔ صبح میں محلہ ٹھاکر داس میں بیٹھتا تھا، شام کو وچھو والی میں۔ زندگی کچھ اس نہج سے گزر رہی تھی کہ تائی ایسری کو دیکھے ہوئے ڈیڑھ ڈیڑھ دو دو برس گزر جاتے تھے مگر گھر کی عورتوں سے تائی ایسری کی خبر ملتی رہتی تھی۔ تایا یودھ راج نے اپنے بینک کا روپیہ بھی چھمی کو سونپ دیا تھا۔ مگر جالندھر کی دکان اور مکان تائی ایسری کے نام لکھ گئے تھے۔ ان سے ہر ماہ تائی ایسری کو ڈیڑھ سو روپیہ کرایہ آ جاتا تھا۔ وہ بدستور اسی طرح محلہ ونجاراں میں رہتی تھیں اور دن رات اپنے دھرم کرم میں ڈوبی رہتی تھیں۔

ایک روز اتفاق سے جب میں شاہی محلے میں ایک مریض کو دیکھ کر لوٹ رہا تھا تو مجھے تایا یودھ راج کی یاد آگئی اور ان کی یاد سے چھمی کی یاد آگئی۔ کیونکہ چھمی بھی تو اسی شاہی محلہ میں کہیں رہتی تھی اور جب چھمی کی یاد آئی تو میرا ذہن فوراً تائی ایسری کی طرف منتقل ہو گیا اور میرا ضمیر مجھے ملامت کرنے لگا۔ غالباً بارہ پندرہ مہینوں سے میں تائی ایسری کو دیکھنے نہ گیا تھا۔ میں نے سوچا میں کل یا پرسوں پہلی فرصت ہی میں تائی ایسری کو دیکھنے جاؤں گا۔

ابھی میں یہی سوچ رہا تھا کہ شاہی محلے کی ایک گلی سے میں نے تائی ایسری کو نکلتے دیکھا۔ قرمزی شاہی کے بجائے اب وہ سیاہ شاہی کا گھاگھرا پہنے تھیں جس پر نہ گوٹہ تھا نہ لچکا۔ قمیض بھی سفید رنگ کی تھی اور سر پر انہوں نے سفید ململ کا دوہرا دوپٹہ لے رکھا تھا۔ جس میں ان کا گول مٹول چہرہ بالکل میڈونا کی طرح معصوم اور پراسرار نظر آرہا تھا۔

جس لمحہ میں نے انہیں دیکھا اسی لمحہ انہوں نے بھی مجھے دیکھا اور مجھے دیکھتے ہی وہ شرماسی گئیں اور فوراً مجھ سے کترا کر واپس گلی میں جانے لگیں کہ میں نے انہیں فوراً آواز دے دی۔ میری آواز میں ایک ایسی حیرت تھی جو ایک چیخ سے مشابہ تھی۔ یہ تائی ایسری یہاں طوائفوں کے محلے میں کیا کر رہی تھیں؟

"تائی ایسری!" میں نے چلا کر کہا، "تائی ایسری!" میں نے پھر آواز دی۔

میری آواز سن کر وہ پلٹ آئیں۔ سامنے آکر ایک گنہگار مجرم کی طرح کھڑی ہو گئیں۔ ان کی نگاہیں اوپر نہ اٹھتی تھیں۔

"تائی ایسری تم یہاں کیا کرنے آئی ہو؟" میں نے کچھ حیرت سے کچھ غصے سے ان سے کہا۔

وہ اسی طرح سر نیچا کئے آہستہ آہستہ جھجکتے جھجکتے بولیں، "وے پتر! کیا بتاؤں وہ۔۔۔ وہ۔۔۔ میں نے سنا تھا کہ لچھی بیمار ہے، بہت سخت بیمار ہے۔ میں نے سوچا اسے دیکھ آؤں۔۔۔

"تم یہاں لچھی کو دیکھنے آئی تھیں؟" میں نے غم اور غصے سے تقریباً چیخ کر کہا۔

"لچھی کو لچھی کو۔۔۔ اس بدذات چھنال کو۔۔۔؟ جس نے۔۔۔ جس نے۔۔۔"

تائی ایسری نے آہستہ سے اپنا ہاتھ اوپر اٹھایا اور میں کہتے کہتے رک گیا۔۔۔ "نہ کاکا! اس کو کچھ نہ کہو۔ کچھ نہ کہو!" تائی ایسری نے اپنی ڈبڈباتی ہوئی آنکھیں اوپر اٹھائیں اور

ایک ٹھنڈی سانس لے کر بولیں، "مرنے والے کی یہی ایک نشانی رہ گئی تھی۔ آج وہ بھی چل بسی!"

سن 47ء کے فسادات میں ہم لوگ لاہور چھوڑ کر جالندھر میں پناہ گزین ہوئے۔ کیوں کہ یہاں پر تائی ایسری کا گھر تھا۔ خاصہ کھلا دو منزلہ گھر تھا۔ اوپر کی منزل انہوں نے اپنے رشتہ دار پناہ گزینوں کو دے ڈالی تھی۔ نچلی منزل میں وہ خود رہتی تھیں۔ ہر روز وہ ریفیوجی کیمپوں میں سیوا کرنے جاتیں اور کبھی کبھار دو ایک یتیم بچے اٹھالاتیں۔ چار پانچ ماہ ہی میں انہوں نے چار لڑکے اور تین لڑکیاں اپنے پاس رکھ لیں۔ کیوں کہ ان کے ماں باپ کا کچھ پتہ نہیں چلتا تھا۔ پچھواڑے کے آنگن اور سامنے دالان میں انہوں نے مختلف پناہ گزینوں کو سونے اور کھانا پکانے کی اجازت دے دی تھی۔ ہوتے ہوتے ایک اچھا خاصا گھر سرائے میں تبدیل ہو گیا۔ مگر میں نے تائی ایسری کے ماتھے پر کبھی ایک شکن نہیں دیکھی۔

وہ اپنے گھر میں بھی باہر سے اس طرح آتی تھیں جیسے وہ گھر ان کا نہ ہو، ان پناہ گزینوں کا ہو جنہیں انہوں نے اپنے گھر میں رہنے کی خود اجازت دی تھی۔ عورتوں میں شخصی جائیداد کی حس بہت تیز ہوتی ہے۔ مگر میں نے عورتوں میں تو کیا مردوں میں بھی ایسا کوئی فرد مشکل ہی سے دیکھا ہو گا۔ جسے تائی ایسری کی طرح شخصی جائیداد کا اس قدر کم احساس ہو۔ قدرت نے ان کے دماغ میں شاید یہ خانہ ہی خالی رکھا تھا۔ ان کے پاس جو کچھ تھا دوسروں کے لئے وقف تھا۔ جالندھر آکر وہ صرف ایک وقت کھانا کھانے لگی تھیں۔ میں ان کی ان حرکتوں سے بہت چڑتا تھا۔ کیونکہ میں نے اپنی قیمتی پریکٹس لاہور میں کھو دی تھی۔ میری ماڈل ٹاؤن والی کوٹھی بھی وہیں رہ گئی تھی اور اب میرے پاس سر چھپانے کو کہیں جگہ نہ تھی۔ میرے پاس نہ ڈھنگ کے کپڑے تھے نہ روپیہ پیسہ تھا، نہ

کھانا پینا تک کا ہو سکتا تھا۔ جو ملا کھا لیا، جب ملا کھا لیا، نہ ملا تو بھوکے رہ گئے۔

انہی دنوں مجھے خونی بواسیر لاحق ہو گئی۔ دوائیں تو میں نے طرح طرح کی استعمال کیں کیونکہ میں خود ڈاکٹر تھا۔ مگر اس بے سر و سامانی میں علاج کے ساتھ پرہیز ضروری ہے، وہ کہاں سے ہوتا۔ نتیجہ یہ ہوا کہ میں دن بدن کمزور ہوتا چلا گیا۔ کچھ روز تک تو میں نے تائی سے اپنی حالت کو چھپائے رکھا مگر ایک دن انہیں پتہ چل ہی گیا۔ فوراً گھبرائی گھبرائی میرے پاس پہنچیں اور مجھ سے کہنے لگیں، "کاکا! میں تم سے کہتی ہو یہ خونی بواسیر ہے۔ یہ ڈاکٹری علاج سے ٹھیک نہ ہو گی۔ تم ایسا کرو، کرایہ مجھ سے لو اور سیدھے گوجرانوالہ چلے جاؤ، وہاں محلہ سنیاراں میں چاچا کریم بخش جراح رہتا ہے۔ اس کے پاس ایک ایسی دوائی ہے جس سے خونی بواسیر ٹھیک ہو جاتی ہے۔ تیرے تایا کو بھی آج سے بیس سال پہلے یہ تکلیف ہو گئی تھی اور چاچا کریم بخش ہی نے ٹھیک کر دیا تھا۔ دس دن میں وہ ٹھیک ہو کر گوجرانوالہ سے جالندھر آ گئے تھے۔"

یہ سن کر مجھے بے حد غصہ آیا۔ میں نے کہا، "تائی مجھے معلوم ہے۔ اب میں گوجرانوالہ نہیں جا سکتا۔"

"کیوں نہیں جا سکتا۔ ٹکٹ کے پیسے میں دیتی ہوں!"

"ٹکٹ کا سوال نہیں ہے، گوجرانوالہ اب پاکستان میں ہے۔"

"پاکستان میں ہے تو کیا ہوا، کیا ہم دوا دارو کے لئے وہاں نہیں جا سکتے! وہاں اپنا چاچا کریم بخش۔۔۔"

میں نے تائی کی بات کاٹ کر کہا، "تائی تجھے کچھ معلوم تو ہے نہیں، خواہ مخواہ الٹی سیدھی باتیں کرتی ہو۔ مسلمانوں نے اب اپنا دیس الگ کر لیا ہے۔ اس کا نام پاکستان ہے۔ ہمارے دیس کا نام ہندوستان ہے۔ اب نہ ہندوستان والے پاکستان جا سکتے ہیں، نہ پاکستان

والے یہاں آسکتے ہیں۔ اس کے لئے پاسپورٹ کی ضرورت ہو گی!"

تائی کے ماتھے پر شکنیں پڑ گئیں۔ بولیں، "پاس کورٹ؟ کیا اس کے لئے کچہری جانا پڑتا ہے؟"

"ہاں ہاں اس کے لئے کچہری جانا پڑتا ہے۔" میں نے جلدی سے ٹالنے کے لئے کہہ دیا۔ اب اس بڑھی کو کون سمجھائے۔

"نہ بیٹا۔ کورٹ جانا تو اچھا نہیں ہے۔ شریفوں کے بیٹے کبھی کچہری نہیں جاتے مگر وہ چاچا کریم بخش۔۔۔!"

"بھاڑ میں جائے چاچا کریم بخش۔" میں نے چلا کر کہا۔

بیس سال پہلے کی بات کرتی ہو، جانے وہ تمہارا چاچا کریم بخش آج زندہ بھی ہے یا مر گیا ہے۔ مگر تم وہی اپنا چاچا کریم بخش رٹے جا رہی ہو۔"

تائی روتی ہوئی وہاں سے چلی گئیں۔ ان کے جانے کے بعد مجھے اپنی تنک مزاجی پر بے حد افسوس ہوا۔ کیوں میں نے اس معصوم عورت کا دل دکھایا۔ اگر تائی آج کی زندگی کی بہت سی دشواریوں کو نہیں سمجھ سکتی ہیں تو اس میں ان کا کیا قصور ہے؟

دراصل میں ان دنوں بہت ہی تلخ مزاج ہو چلا تھا۔ کالج کے دنوں میں، میں اکثر انقلاب کی باتیں کیا کرتا تھا۔ پھر جب زندگی نے مجھے کامرانی بخشی اور میری پریکٹس چل نکلی تو انقلاب کا جوش سرد پڑ گیا اور ہوتے ہوتے یہ لفظ میرے ذہن سے محو ہو گیا۔ اب جالندھر آکر جو یہ افتاد پڑی تو میرے دل میں پھر سے انقلاب کے خیال نے کروٹ لی اور میں اپنی طرح کے چند جوشیلے اور لٹے پٹے لوگوں کی صحبت میں بیٹھ کر پھر سے اسی تلخی، تیزی اور تندی سے انقلاب کی باتیں کرنے لگا۔

یہ سب لوگ اکثر تائی ایسری کی دوسری منزل میں میرے کمرے میں ملتے۔ چائے

کا دور چلتا اور دنیا جہان کی باتیں ہوتیں اور میں جوش میں اپنا مکا ہوا میں لہرا کر کہتا۔ ہم سے انصاف نہیں ہو رہا ہے اور ان لوگوں سے انصاف کی توقع بھی نہیں ہے۔ یقیناً اس ملک میں پھر ایک انقلاب آئے گا اور ضرور آکے رہے گا وہ انقلاب۔

ایک دن تائی ایسری نے ہماری باتیں سن لیں تو گھبرائی گھبرائی اندر آئیں۔ بولیں، "بیٹا! کیا مسلمان یہاں پھر آئیں گے؟"

"نہیں تائی، تم سے کس نے کہا؟"

"تو تم یہاں کس انقلاب کا ذکر کر رہے ہو جو یہاں آئے گا؟"

تائی نے انقلاب کو مسلمان سمجھا تھا، جب یہ بات ہماری سمجھ میں آئی تو ہم سب ہنستے ہنستے لوٹ پوٹ ہو گئے۔

"کتنی بھولی ہے ہماری تائی۔ اری تائی، ہم تو اس انقلاب کا ذکر کر رہے ہیں جو نہ ہندو ہے نہ مسلمان ہے، جو سب کا انقلاب ہے۔ ہم تو اس انقلاب کو لانا چاہتے ہیں۔"

مگر تائی کی سمجھ میں کچھ نہ آیا۔ وہ ہولے سے سر ہلا کر بولیں، "اچھا تم لوگ باتیں کرو۔ میں تمہارے لئے چائے بنا کے لاتی ہوں۔"

تائی نے میری مدد کرنے کے لئے اپنا سولہ تولے کا ایک گوکھرو بیچ دیا۔ اس رقم کو لے کر میں اپنی فیملی کے ساتھ دہلی آگیا۔ کیونکہ جالندھر میں افراتفری تھی اور غیر یقینی سی حالت ہر وقت چھائی رہتی تھی۔ دہلی آکر میں نے پھر سے پریکٹس شروع کر دی۔ چند سالوں ہی میں میری پریکٹس پھر چمک اٹھی۔ میں قرول باغ میں پریکٹس کرتا تھا اور قرول باغ لاہور کے بہت سے ریفیوجیوں سے بھرا پڑا تھا جو مجھے جانتے تھے۔ ہولے ہولے میں نے اپنا اڈہ ٹھیک سے جما لیا۔ پریکٹس چمک اٹھی، دس سال میں میں نے قرول باغ میں اپنی کوٹھی کھڑی کر لی۔ گاڑی بھی خرید لی۔ اب قرول باغ کے سرکردہ افراد میں

میر اشمار ہوتا تھا۔ اب میں انقلاب کی باتیں بھول بھال گیا۔ میری خونی بواسیر بھی ٹھیک ہو گئی اور تلخی کے بجائے مزاج میں شگفتگی عود کر آئی جو ایک ڈاکٹر کے مزاج کے لئے از حد ضروری ہے۔

تیرہ سال کے بعد گزشتہ مارچ میں مجھے ایک عزیز کی شادی میں جالندھر جانا پڑا۔ اس تیرہ سال کے عرصہ میں، میں تائی ایسری کو بھول بھال گیا تھا۔ رشتہ دار تو اس وقت یاد آتے ہیں، جب مریض نہ ہوں۔ لیکن جالندھر پہنچتے ہی مجھے تائی ایسری کی یاد آئی۔ ان کے احسانات یاد آئے۔ وہ سونے کا گوکھرو یاد آیا، جسے بیچ کر میری پریکٹس چلانے کی رقم بہم پہنچائی گئی تھی اور وہ رقم میں نے آج تک تائی ایسری کو ادا نہیں کی تھی۔ جالندھر اسٹیشن پر اترتے ہی میں سیدھا تائی ایسری کے گھر چلا گیا۔

شام کا جھٹپٹا تھا، ہوا ایندھن کے دھوئیں، تیل کی بو اور گھر واپس آتے ہوئے بچوں کی آوازوں سے معمور تھی۔ جب میں تائی ایسری کے مکان کی نچلی منزل میں داخل ہوا۔ گھر میں اس وقت تائی کے سوا کوئی نہیں تھا۔ وہ اپنے گھر میں بھگوان کی مورتی کے سامنے گھی کا دیا جلائے پھول چڑھا کر ہاتھ جوڑ کر واپس گھوم رہی تھی، جب کہ انہوں نے میری آہٹ پا کر پوچھا، "کون ہے؟"

"میں ہوں!" میں نے کمرہ میں قدم آگے بڑھا کر مسکراتے ہوئے کہا۔

تائی دو قدم آگے بڑھیں، مگر مجھے پہچان نہ سکیں۔ تیرہ برس کا عرصہ بھی ایک عرصہ ہوتا ہے۔ اس عرصہ میں وہ بے حد نحیف و نزار ہو گئی تھیں۔ ان کا چہرہ بھی دبلا ہو گیا تھا اور وہ ہولے ہولے قدم اٹھاتی تھیں۔

"میں رادھا کشن ہوں۔"

"جے کشن دا کاکا؟" تائی کی آواز بھرا گئی۔ ممکن تھا وہ جلدی سے آگے بڑھنے کی

کوشش میں گر پڑتیں۔ مگر میں نے انہیں جلدی سے تھام لیا اور وہ میرے بازو سے لگ کر رونے لگیں۔ انہوں نے میری بلائیں لیں، میرا منہ چوما، میرے سر پر ہاتھ پھیرا اور بولیں، "اتنے دن کہاں رہے بیٹا؟ اپنی تائی کو بھی بھول گئے؟"

انتہائی شرمندگی سے میرا سر جھک گیا۔ میں نے کچھ کہنا چاہا۔ مگر کچھ کہہ نہ سکا۔ تائی نے میری پریشانی کو فوراً بھانپ لیا۔ جلدی سے پھولے پھولے سانسوں میں اکھڑے اکھڑے لہجہ میں بولیں، "سروج راضی خوشی ہے نا؟"

"ہاں تائی۔"

"اور وڈا کاکا۔"

"ڈاکٹری میں پڑھتا ہے۔"

"اور نکا؟"

"کالج میں پڑھتا ہے۔"

"اور شانو اور بٹو؟"

"وہ دونوں بھی کالج میں پڑھتی ہیں۔ کملا کی میں نے شادی کر دی ہے!"

"میں نے بھی ساوتری کی شادی کر دی ہے۔ پورن اب رڑکی میں پڑھتا ہے۔ نمی اور بنی کے ماں باپ مل گئے تھے وہ آکر ان کو چھ سال کے بعد لے گئے تھے۔ کبھی کبھی ان کی چٹھی پتری آجاتی ہے۔ میرے پاس اب صرف گوپی رہ گیا ہے۔ اگلے سال وہ بھی ریلوے ورکشاپ میں کام سیکھنے کے لئے چلا جائے گا۔"

یہ تائی کے ان یتیم بچوں کی داستان تھی جو انہوں نے فساد میں لے کر پالے تھے۔

میں نے ناخن سے اپنی ٹھوڑی کھجاتے کھجاتے کہا، "تائی وہ تیرا قرضہ مجھ پر باقی ہے، کیسے بتاؤں کتنا شرمندہ ہوں، اب تک نہ بھیج سکا۔ اب دلی جاتے ہی بھیج دوں گا۔"

"کیسا قرضہ بیٹا؟" تائی نے حیران ہو کر پوچھا۔

"وہی گوکھرو والا!"

"اچھا وہ؟" یکایک تائی کو یاد آیا اور وہ بڑے میٹھے انداز میں مسکرانے لگیں۔ پھر میرے سر پر ہاتھ پھیر کر بولیں، "وہ تو تیرا قرضہ تھا بیٹا، جو میں نے چکا دیا!"

"میرا قرضہ کیسا تھا تائی؟" میں نے حیران ہو کر پوچھا۔

"یہ زندگی دوسروں کا قرضہ ہے بیٹا۔" تائی سنجیدہ رو ہو کر بولیں، "اسے چکاتے رہنا چاہئے۔ تو کیا اس سنسار میں خود پیدا ہوا تھا؟ نہیں، تجھے تیرے ماں باپ نے زندگی دی تھی تو پھر تیری زندگی کسی دوسرے کا قرضہ ہوئی کہ نہیں؟ پھر یہ قرضہ ہم نہیں چکائیں گے تو یہ دنیا آگے کیسے چلے گی۔ ایک دن پرلے (قیامت) آجائے گی۔۔۔ بیٹا۔ اسی لئے تو کہتی ہوں، میں نے تیرا قرضہ چکایا ہے تو کسی دوسرے کا قرضہ چکا دے۔۔۔ ہر دم چکاتے رہنا، جیون کا دھرم ہے۔" تائی اتنی لمبی بات کر کے ہانپنے لگیں۔

میں کیا کہتا، روشنی سے سایہ کہہ بھی کیا سکتا ہے؟ اسی لئے میں سب کچھ سن کر چپ ہو گیا۔ وہ بھی چپ ہو گئیں۔ پھر آہستہ سے بولیں، "اب میرے ہاتھ پاؤں کام نہیں کرتے، ورنہ تیرے لئے کھانا پکاتی۔ اب گوپی آئے گا تو کھانا بنائے گا تیرے لئے۔ کھانا کھا کر جانا۔۔۔ میں"

"نہیں تائی اس کی کیا ضرورت ہے۔ وہاں بھی تیرا ہی دیا کھاتے ہیں۔" میں نے آہستہ سے کہا، "میں یہاں تیج پال کی شادی پر آیا تھا۔ اسٹیشن سے سیدھا تمہارے گھر آ رہا ہوں۔ اب شادی والے گھر جاؤں گا۔"

"بلاوا تو مجھے بھی آیا ہے۔ مگر دو دن سے میری طبیعت ٹھیک نہیں ہے، اس لئے میں نہیں جا سکتی۔ شگن میں نے بھیج دیا تھا، تم میری طرف سے تیج پال کے سر پر پیار دینا!"

"بہت اچھا تائی" کہہ کر میں تائی کے چرنوں میں جھکا۔ انہوں نے مجھے بڑے پیار سے اپنے گلے لگالیا۔ میرے سر پر ہاتھ پھیر کر سو سو دعائیں دے کر بولیں، "بیٹا! میرا ایک کام کروگے؟"

"حکم کرو تائی۔"

"کیا کل تم صبح آسکتے ہو؟"

"کیا بات ہے تائی، اب میں تمہیں مل کے تو جا رہا ہوں۔"

تائی جھجکتے جھجکتے بولیں، "میری آنکھیں کمزور ہو چکی ہیں۔ رات میں مجھے کچھ نظر نہیں آتا۔ ایسا جنم جلا اندھیرا چھایا ہے کہ کچھ نظر نہیں آتا۔ اگر تم صبح کسی وقت دن میں آجاؤ تو میں تمہیں اچھی طرح دیکھ لوں گی۔ تیرہ سال سے تجھے نہیں دیکھا ہے کاکا!"

میری آنکھوں میں آنسو آگئے۔ میں نے گلوگیر لہجے میں کہا، "آجاؤں گا تائی!"

دوسرے دن بارات کے لوگ کچھ آنے والے تھے۔ صبح ہی ہم لوگوں کو پیشوائی کے لئے اسٹیشن پر جانا تھا۔ وہاں سے لوٹتے وقت مجھے یاد آیا۔ میں ان لوگوں سے معذرت کر کے تائی ایسری کے گھر کی طرف ہولیا۔ گلی کے موڑ پر مجھے دو دو چار چار کی ٹولیوں میں لوگ سر جھکائے ملے۔ مگر میں جلدی جلدی سے قدم بڑھاتا ہوا آگے چلا گیا۔ مکان کی نچلی منزل پر مجھے اور بہت سے لوگ روتے ہوئے ملے۔ معلوم ہوا آج صبح تائی ایسری کی موت واقع ہوگئی اور جب ہم اسٹیشن گئے ہوئے تھے وہ چل بسی

اندر کمرے میں ان کی لاش پڑی تھی۔ ایک سفید چادر میں ملبوس، چہرہ کھلا رہنے دیا تھا۔ کمرہ میں کافور اور لوبان کی خوشبو تھی اور ایک پنڈت ہولے ہولے وید منتر پڑھ رہا تھا۔

تائی ایسری کی آنکھیں بند تھیں اور ان کا معصوم بھورا بھورا چہرہ، پر سکون خاموش

اور گہرے خوابوں میں کھویا ہوا ایسا معلوم ہوتا تھا جیسے وہ تائی ایسری کا چہرہ نہ ہو، دھرتی کا پھیلا ہوا لامتناہی چہرہ ہو۔ جس کی آنکھوں سے ندیاں بہتی ہیں۔ جس کی ہر شکن میں لاکھوں وادیاں انسانی بستیوں کو اپنی آغوش میں لئے مسکراتی ہیں۔ جس کے انگ انگ سے بے غرض پیار کی مہک پھوٹتی ہے، جس کی معصومیت میں تخلیق کی پاکیزگی جھلکتی ہے، جس کے دل میں دوسروں کے لئے وہ بے پناہ مامتا جاگتی ہے جس کا مزہ کوئی کوکھ رکھنے والی ہستی ہی پہچان سکتی ہے۔

میں ان کے پاؤں کے قریب کھڑا ان کے چہرے کی طرف دیکھ رہا تھا۔ یکایک کسی نے آہستہ سے میرے شانے پر ہاتھ رکھا۔ میں نے پلٹ کر دیکھا تو میرے سامنے ایک بائیس تیئس برس کا نوجوان کھڑا تھا۔ اس کی بڑی بڑی آنکھوں کو دیکھ کر معلوم ہوتا تھا کہ ابھی روئی ہیں، ابھی پھر رودیں گی۔

اس نے آہستہ سے کہا، "میں گوپی ناتھ ہوں۔"

میں سمجھ تو گیا، مگر خاموش رہا۔ کچھ سمجھ بھی نہیں آتا تھا کیا کہوں کیا نہ کہوں۔

"میں تیج پال کے گھر آپ کو ڈھونڈنے گیا تھا۔ مگر آپ اسٹیشن پر گئے ہوئے تھے۔" وہ پھر بولا۔

میں پھر بھی چپ رہا۔

گوپی ناتھ دھیرے سے بولا، "صبح تائی نے آپ کو بہت یاد کیا۔ انہیں معلوم تھا کہ آپ آنے والے ہیں۔ اس لئے وہ مرتے مرتے بھی آپ کا انتظار کرتی رہیں۔ آخر جب انہیں یقین ہو گیا کہ مرنے کا وقت آن پہنچا ہے اور آپ نہیں آئیں گے تو انہوں نے مجھ سے کہا، "جب میرا بیٹا رادھا کشن آئے تو اسے یہ دے دینا۔" یہ کہہ کر گوپی نے اپنا ہاتھ آگے بڑھایا اور میری ہتھیلی پر ایک چونی رکھ دی۔

چونی دیکھ کر میں رونے لگا۔

مجھے نہیں معلوم۔ آج تائی ایسری کہاں ہیں، لیکن اگر وہ سورگ میں ہیں تو وہ اس وقت بھی یقیناً ایک رنگین پیڑھی پر بیٹھی اپنی پچھی سامنے کھول کر بڑے اطمینان سے دیوتاؤں کے سر پر ہاتھ پھیرتے ہوئے انہیں چونیاں ہی بانٹ رہی ہوں گی۔

***

نیا قانون

سعادت حسن منٹو

منگو کوچوان اپنے اڈے میں بہت عقلمند آدمی سمجھا جاتا تھا۔ گو اس کی تعلیمی حیثیت صفر کے برابر تھی اور اس نے کبھی اسکول کا منہ بھی نہیں دیکھا تھا لیکن اس کے باوجود اسے دنیا بھر کی چیزوں کا علم تھا۔ اڈے کے وہ تمام کوچوان جن کو یہ جاننے کی خواہش ہوتی تھی کہ دنیا کے اندر کیا ہو رہا ہے، استاد منگو کی وسیع معلومات سے اچھی طرح واقف تھے۔

پچھلے دنوں جب استاد منگو نے اپنی ایک سواری سے اسپین میں جنگ چھڑ جانے کی افواہ سنی تھی تو اس نے گاما چودھری کے چوڑے کاندھے پر تھپکی دے کر مدبرانہ انداز میں پیش گوئی کی تھی، "دیکھ لینا گاما چودھری، تھوڑے ہی دنوں میں اسپین کے اندر جنگ چھڑ جائے گی۔"

جب گاما چودھری نے اس سے یہ پوچھا تھا کہ اسپین کہاں واقع ہے تو استاد منگو نے بڑی متانت سے جواب دیا تھا، "ولایت میں اور کہاں؟"

اسپین کی جنگ چھڑی۔ اور جب ہر شخص کو پتہ چل گیا تو اسٹیشن کے اڈے میں جتنے کوچوان حقہ پی رہے تھے دل ہی دل میں استاد منگو کی بڑائی کا اعتراف کر رہے تھے۔ اور استاد منگو اس وقت مال روڈ کی چمکیلی سطح پر تانگہ چلاتے ہوئے کسی سواری سے تازہ ہندو

مسلم فساد پر تبادلہ خیال کر رہا تھا۔

اس روز شام کے قریب جب وہ اڈے میں آیا تو اس کا چہرہ غیر معمولی طور پر تمتمایا ہوا تھا۔ حقے کا دور چلتے چلتے جب ہندو مسلم فساد کی بات چھڑی تو استاد منگو نے سر پر سے خاکی پگڑی اتاری اور بغل میں داب کر بڑے مفکرانہ لہجے میں کہا، "یہ کسی پیر کی بد دعا کا نتیجہ ہے کہ آئے دن ہندوؤں اور مسلمانوں میں چاقو، چھریاں چلتی رہتی ہیں۔ اور میں نے اپنے بڑوں سے سنا ہے کہ اکبر بادشاہ نے کسی درویش کا دل دکھایا تھا۔ اور اس درویش نے جل کر یہ بد دعا دی تھی، 'جا، تیرے ہندستان میں ہمیشہ فساد ہی ہوتے رہیں گے' اور دیکھ لو جب سے اکبر بادشاہ کا راج ختم ہوا ہے ہندستان میں فساد پر فساد ہوتے رہتے ہیں۔" یہ کہہ کر اس نے ٹھنڈی سانس بھری۔ اور پھر حقّے کا دم لگا کر اپنی بات شروع کی، "یہ کانگرسی ہندستان کو آزاد کرانا چاہتے ہیں۔ میں کہتا ہوں اگر یہ لوگ ہزار سال بھی سر پٹکتے رہیں تو کچھ نہ ہو گا۔ بڑی سے بڑی بات یہ ہو گی کہ انگریز چلا جائے گا اور کوئی اٹلی والا آجائے گا۔ یا وہ روس والا جس کی بابت میں نے سنا ہے کہ بہت تگڑا آدمی ہے۔ لیکن ہندستان سدا غلام رہے گا۔ ہاں میں یہ کہنا بھول ہی گیا کہ پیر نے یہ بد دعا بھی دی تھی کہ ہندستان پر ہمیشہ باہر کے آدمی راج کرتے رہیں گے۔"

استاد منگو کو انگریزوں سے بڑی نفرت تھی۔ اور اس نفرت کا سبب تو وہ یہ بتلایا کرتا تھا کہ وہ ہندستان پر اپنا سکہ چلاتے ہیں۔ اور طرح طرح کے ظلم ڈھاتے ہیں۔ مگر اس کے تنّفر کی سب سے بڑی وجہ یہ تھی کہ چھاؤنی کے گورے اسے بہت ستایا کرتے تھے۔ وہ اس کے ساتھ ایسا سلوک کرتے تھے گویا وہ ایک ذلیل کتا ہے۔ اس کے علاوہ اسے ان کا رنگ بھی بالکل پسند نہ تھا۔ جب کبھی وہ گورے کے سرخ و سپید چہرے کو دیکھتا تو اُسے متلی آ جاتی۔ نہ معلوم کیوں وہ کہا کرتا تھا کہ ان کے لال جھریوں بھرے چہرے دیکھ کر مجھے وہ

لاش یاد آجاتی ہے جس کے جسم پر سے اوپر کی جھلّی گل گل کر جھڑ رہی ہو۔

جب کسی شرابی گورے سے اس کا جھگڑا ہو جاتا تو سارا دن اس کی طبیعت مکّدر رہتی۔ اور وہ شام کو اڈے میں آکر ہل مارکہ سگرٹ پیتے یا حُقے کے کش لگاتے ہوئے اس 'گورے' کو جی بھر کر سنایا کرتا۔ "۔۔۔" یہ موٹی گالی دینے کے بعد وہ اپنے سر کو ڈھیلی پگڑی سمیت جھٹکا دے کر کہا کرتا تھا، "آگ لینے آئے تھے۔ اب گھر کے مالک ہی بن گئے ہیں۔ ناک میں دم کر رکھا ہے ان بندروں کی اولاد نے۔ یوں رعب گانٹھتے ہیں گویا ہم ان کے باوا کے نوکر ہیں۔"

اس پر بھی اس کا غصہ ٹھنڈا نہیں ہوتا تھا۔ جب تک اس کا کوئی ساتھی اس کے پاس بیٹھا رہتا وہ اپنے سینے کی آگ اگلتا رہتا، "شکل دیکھتے ہو نا تم اس کی۔۔۔ جیسے کوڑھ ہو رہا ہے۔۔۔ بالکل مردار، ایک دھپّے کی مار اور گٹ پٹ یوں بک رہا تھا جیسے مار ہی ڈالے گا۔ تیری جان کی قسم، پہلے پہل جی میں آئی کہ ملعون کی کھوپڑی کے پرزے اڑادوں لیکن اس خیال سے ٹل گیا کہ اس مردود کو مارنا اپنی ہتک ہے۔۔۔" یہ کہتے کہتے وہ تھوڑی دیر کے لیے خاموش ہو جاتا۔ اور ناک کو خاکی قمیص سے صاف کرنے کے بعد پھر بڑبڑانے لگ جاتا، "قسم ہے بھگوان کی ان لاٹ صاحبوں کے ناز اٹھاتے اٹھاتے تنگ آگیا ہوں۔ جب کبھی ان کا منحوس چہرہ دیکھتا ہوں رگوں میں خون کھولنے لگ جاتا ہے۔ کوئی نیا قانون وانون بنے تو ان لوگوں سے نجات ملے۔ تیری قسم جان میں جان آجائے۔"

اور جب ایک روز استاد منگو نے کچہری سے اپنے تانگے پر دو سواریاں لادیں اور ان کی گفتگو سے اسے پتہ چلا کہ ہندستان میں جدید آئین کا نفاذ ہونے والا ہے تو اس کی خوشی کی کوئی انتہا نہ رہی۔

دو مارواڑی جو کچہری میں اپنے دیوانی مقدمے کے سلسلے میں آئے تھے گھر جاتے

ہوئے جدید آئین یعنی انڈیا ایکٹ کے متعلق آپس میں بات چیت کر رہے تھے، "سنا ہے کہ پہلی اپریل سے ہندوستان میں نیا قانون چلے گا۔۔۔ یا ہر چیز بدل جائے گی؟"

"ہر چیز تو نہیں بدلے گی۔ مگر کہتے ہیں کہ بہت کچھ بدل جائے گا اور ہندستانیوں کو آزادی مل جائے گی؟"

"کیا بیاج کے متعلق بھی کوئی نیا قانون پاس ہو گا؟"

"یہ پوچھنے کی بات ہے کل کسی وکیل سے دریافت کریں گے۔" ان مارواڑیوں کی بات چیت استاد منگو کے دل میں ناقابلِ بیان خوشی پیدا کر رہی تھی۔ وہ اپنے گھوڑے کو ہمیشہ گالیاں دیتا تھا۔ اور چابک سے بہت بری طرح پیٹا کرتا تھا۔ مگر اس روز وہ بار بار پیچھے مڑ کر مارواڑیوں کی طرف دیکھتا۔ اور اپنی بڑھی ہوئی مونچھوں کے بال ایک انگلی سے بڑی صفائی کے ساتھ اونچے کر کے گھوڑے کی پیٹھ پر باگیں ڈھیلی کرتے ہوئے بڑے پیار سے کہتا، "چل بیٹا۔۔۔ ذرا ہوا سے باتیں کر کے دکھا دے۔"

مارواڑیوں کو ان کے ٹھکانے پہنچا کر اس نے انار کلی میں دینو حلوائی کی دکان پر آدھ سیر دہی کی لسّی پی کر ایک بڑی ڈکار لی۔ اور مونچھوں کو منہ میں دبا کر ان کو چوستے ہوئے ایسے ہی بلند آواز میں کہا، "ہت تیری ایسی تیسی۔"

شام کو جب وہ اڈے کو لوٹا تو خلافِ معمول اسے وہاں اپنی جان پہچان کا کوئی آدمی نہ مل سکا۔ یہ دیکھ کر اس کے سینے میں ایک عجیب و غریب طوفان برپا ہو گیا۔ آج وہ ایک بڑی خبر اپنے دوستوں کو سنانے والا تھا۔۔۔ بہت بڑی خبر، اور اس خبر کو اپنے اندر سے نکالنے کے لیے وہ سخت مجبور ہو رہا تھا لیکن وہاں کوئی تھا ہی نہیں۔

آدھ گھنٹے تک وہ چابک بغل میں دبائے اسٹیشن کے اڈے کی آہنی چھت کے نیچے بیقراری کی حالت میں ٹہلتا رہا۔ اس کے دماغ میں بڑے اچھے اچھے خیالات آرہے تھے۔

نئے قانون کے نفاذ کی خبر نے اس کو ایک نئی دنیا میں لا کر کھڑا کر دیا تھا۔ وہ اس نئے قانون کے متعلق جو پہلی اپریل کو ہندستان میں نافذ ہونے والا تھا اپنے دماغ کی تمام بتیاں روشن کر کے غور و فکر کر رہا تھا۔ اس کے کانوں میں مارواڑی کا یہ اندیشہ "کیا بیاج کے متعلق بھی کوئی نیا قانون پاس ہو گا؟" بار بار گونج رہا تھا۔ اور اس کے تمام جسم میں مسّرت کی ایک لہر دوڑا رہا تھا۔ کئی بار اپنی گھنی مونچھوں کے اندر ہنس کر اس نے مارواڑیوں کو گالی دی۔۔۔ "غریبوں کی کھٹیا میں گھسے ہوئے کھٹمل۔۔۔ نیا قانون ان کے لیے کھولتا ہوا پانی ہو گا۔"

وہ بے حد مسرور تھا، خاص کر اس وقت اس کے دل کو بہت ٹھنڈک پہنچتی جب وہ خیال کرتا کہ گوروں۔۔۔ سفید چوہوں (وہ ان کو اسی نام سے یاد کیا کرتا تھا) کی تھوتھنیاں نئے قانون کے آتے ہی بلوں میں ہمیشہ کے لیے غائب ہو جائیں گی۔

جب نتھو گنجا، پگڑی بغل میں دبائے، اڈے میں داخل ہوا تو استاد منگو بڑھ کر اس سے ملا اور اس کا ہاتھ اپنے ہاتھ میں لے کر بلند آواز سے کہنے لگا، "لا ہاتھ ادھر۔۔۔ ایسی خبر سناؤں کہ جی خوش ہو جائے۔۔۔ تیری اس گنجی کھوپری پر بال اگ آئیں۔" اور یہ کہہ کر منگو نے بڑے مزے لے لے کر نئے قانون کے متعلق اپنے دوست سے باتیں شروع کر دیں۔ دورانِ گفتگو میں اس نے کئی مرتبہ نتھو گنجے کے ہاتھ پر زور سے اپنا ہاتھ مار کر کہا، "تو دیکھتا رہ، کیا بنتا ہے، یہ روس والا بادشاہ کچھ نہ کچھ ضرور کر کے رہے گا۔"

استاد منگو موجودہ سوویت نظام کی اشتراکی سرگرمیوں کے متعلق بہت کچھ سن چکا تھا۔ اور اسے وہاں کے نئے قانون اور دوسری نئی چیزیں بہت پسند تھیں۔ اسی لیے اس نے روس والے بادشاہ "کو انڈیا ایکٹ" یعنی جدید آئین کے ساتھ ملا دیا۔ اور پہلی اپریل کو پرانے نظام میں جو نئی تبدیلیاں ہونے والی تھیں۔ وہ انھیں "روس والے بادشاہ" کے اثر

کا نتیجہ سمجھتا تھا۔

کچھ عرصے سے پشاور اور دیگر شہروں میں سرخ پوشوں کی تحریک جارہی تھی۔ منگو نے اس تحریک کو اپنے دماغ میں 'روس والے بادشاہ' اور پھر نئے قانون کے ساتھ خلط ملط کر دیا تھا۔ اس کے علاوہ جب کبھی وہ کسی سے سنتا کہ فلاں شہر میں بم ساز پکڑے گئے ہیں۔ یا فلاں جگہ اتنے آدمیوں پر بغاوت کے الزام میں مقدمہ چلایا گیا ہے۔ تو ان تمام واقعات کو نئے قانون کا پیش خیمہ سمجھتا اور دل ہی دل میں خوش ہوتا۔

ایک روز اس کے تانگے میں دو بیرسٹر بیٹھے نئے آئین پر بڑے زور سے تبادلہ خیال کر رہے تھے۔ اور وہ خاموشی سے ان کی باتیں سن رہا تھا ان میں سے ایک، دوسرے سے کہہ رہا تھا، "جدید آئین کا دوسرا حصّہ فیڈریشن ہے جو میری سمجھ میں ابھی تک نہیں آسکا۔ فیڈریشن دنیا کی تاریخ میں آج تک نہ سنی نہ دیکھی گئی۔ سیاسی نظریہ سے بھی یہ فیڈریشن بالکل غلط ہے۔ بلکہ یوں کہنا چاہئے کہ یہ کوئی فیڈریشن ہے ہی نہیں!"

ان بیرسٹروں کے درمیان جو گفتگو ہوئی اس میں بیشتر الفاظ انگریزی کے تھے۔ اس لیے استاد منگو صرف اوپر کے جملے ہی کو کسی قدر سمجھا اور اس نے کہا، "یہ لوگ ہندوستان میں نئے قانون کی آمد کو برا سمجھتے ہیں۔ اور نہیں چاہتے کہ ان کا وطن آزاد ہو۔" چنانچہ اس خیال کے زیر اثر اس نے کئی مرتبہ ان دو بیرسٹروں کو حقارت کی نگاہوں سے دیکھ کر کہا، "ٹوڈی بچے!"

جب کبھی وہ کسی کو دبی زبان میں "ٹوڈی بچہ" کہتا تو دل میں یہ محسوس کر کے بڑا خوش ہوتا کہ اس نے اس نام کو صحیح جگہ استعمال کیا ہے اور یہ کہ وہ شریف آدمی اور "ٹوڈی بچے" کی تمیز کرنے کی اہلیت رکھتا ہے۔

اس واقعے کے تیسرے روز وہ گورنمنٹ کالج کے تین طلبا کو اپنے تانگے میں بٹھا کر

مزنگ جارہا تھا کہ اس نے ان تین لڑکوں کو آپس میں یہ باتیں کرتے سنا، "نئے آئین نے میری امیدیں بڑھادی ہیں اگر۔۔۔ صاحب اسمبلی کے ممبر ہو گئے۔ توکسی سرکاری دفتر میں ملازمت ضرور مل جائے گی۔"

"ویسے بھی بہت سی جگہیں اور نکلیں گی۔ شاید اسی گڑبڑ میں ہمارے ہاتھ بھی کچھ آ جائے۔"

"ہاں ہاں کیوں نہیں۔"

"وہ بے کار گریجویٹ جو مارے مارے پھر رہے ہیں۔ ان میں کچھ تو کمی ہو گی۔"

اس گفتگو نے استاد منگو کے دل میں جدید آئین کی اہمیت اور بھی بڑھادی۔ وہ اس کو ایسی 'چیز' سمجھنے لگا جو بہت چمکتی ہو۔ 'نیا قانون۔۔۔!' وہ دن میں کئی بار سوچتا، یعنی کوئی 'نئی چیز!' اور ہر بار اس کی نظروں کے سامنے اپنے گھوڑے کا وہ ساز آجاتا۔ جو اس نے دو برس ہوئے چودھری خدابخش سے اچھی طرح ٹھونک بجا کر خریدا تھا۔ اس ساز پر جب وہ نیا تھا۔ جگہ جگہ لوہے کی نِکل چڑھی ہوئی کیلیں چمکتی تھیں اور جہاں جہاں پیتل کا کام تھا وہ تو سونے کی طرح دمکتا تھا۔ اس لحاظ سے بھی 'نئے قانون' کا درخشاں و تاباں ہونا ضروری تھا۔

پہلی اپریل تک استاد منگو نے جدید آئین کے خلاف اور اس کے حق میں بہت کچھ سنا۔ مگر اس کے متعلق جو تصور وہ اپنے ذہن میں قائم کر چکا تھا۔ بدل نہ سکا۔ وہ سمجھتا تھا کہ پہلی اپریل کو نئے قانون کے آتے ہی سب معاملہ صاف ہو جائے گا۔ اور اس کو یقین تھا کہ اس کی آمد پر جو چیزیں نظر آئیں گی ان سے اس کی آنکھوں کو ٹھنڈک پہنچے گی۔

آخر کار مارچ کے اکتیس دن ختم ہو گئے اور اپریل کے شروع ہونے میں رات کے چند خاموش گھنٹے باقی رہ گئے۔ موسم خلافِ معمول سرد تھا۔ اور ہوا میں تازگی تھی۔ پہلی

اپریل کو صبح سویرے استاد منگو اٹھا اور اصطبل میں جا کر گھوڑے کو جوتا اور باہر نکل گیا۔ اس کی طبیعت آج غیر معمولی طور پر مسرور تھی۔۔۔ وہ نئے قانون کو دیکھنے والا تھا۔

اس نے صبح کے سرد دھندلکے میں کئی تنگ اور کھلے بازاروں کا چکر لگایا۔ مگر اسے ہر چیز پرانی نظر آئی۔ آسمان کی طرح پرانی۔ اس کی نگاہیں آج خاص طور پر نیا رنگ دیکھنا چاہتی تھیں۔ مگر سوائے اس کلغی کے جو رنگ برنگ کے پروں سے بنی تھی۔ اور اس کے گھوڑے کے سر پر جمی ہوئی تھی۔ اور سب چیزیں پرانی نظر آتی تھیں۔ یہ نئی کلغی اس نے نئے قانون کی خوشی میں یکم مارچ کو چودھری خدا بخش سے ساڑھے چودہ آنہ میں خریدی تھی۔

گھوڑے کی ٹاپوں کی آواز، کالی سڑک اور اس کے آس پاس تھوڑا تھوڑا فاصلہ چھوڑ کر لگائے ہوئے بجلی کے کھمبے، دکانوں کے بورڈ، اس کے گھوڑے کے گلے میں پڑے ہوئے گھنگھرو کی جھنجھناہٹ، بازار میں چلتے پھرتے آدمی۔۔۔ ان میں سے کون سی چیز نئی تھی؟ ظاہر ہے کہ کوئی بھی نہیں لیکن استاد منگو مایوس نہیں تھا۔

"ابھی بہت سویرا ہے دکانیں بھی تو سب کی سب بند ہیں۔" اس خیال سے اسے تسکین تھی۔ اس کے علاوہ وہ یہ بھی سوچتا تھا، "ہائی کورٹ میں نو بجے کے بعد ہی کام شروع ہوتا ہے۔ اب اس سے پہلے نئے قانون کا کیا نظر آئے گا؟"

جب اس کا تانگہ گورنمنٹ کالج کے دروازے کے قریب پہنچا۔ تو کالج کے گھڑیال نے بڑی رعونت سے نو بجائے۔ جو طلبا کالج کے بڑے دروازے سے باہر نکل رہے تھے۔ خوش پوش تھے۔ مگر استاد منگو کو نہ جانے ان کے کپڑے مَیلے مَیلے سے کیوں نظر آئے۔ شاید اس کی وجہ یہ تھی، کہ اس کی نگاہیں آج کسی خیرہ کن جلوے کا نظارہ کرنے والی تھیں۔

تانگے کو دائیں ہاتھ موڑ کر وہ تھوڑی دیر کے بعد پھر انار کلی میں تھا۔ بازار کی آدھی دکانیں کھل چکی تھیں۔ اور اب لوگوں کی آمد و رفت بھی بڑھ گئی تھی۔ حلوائی کی دکانوں پر گاہکوں کی خوب بھیڑ تھی۔ منہاری والوں کی نمائشی چیزیں شیشے کی الماریوں میں لوگوں کو دعوتِ نظارہ دے رہی تھیں۔ اور بجلی کے تاروں پر کئی کبوتر آپس میں لڑ جھگڑ رہے تھے۔ مگر استاد منگو کے لیے ان تمام چیزوں میں کوئی دلچسپی نہ تھی۔۔۔ وہ نئے قانون کو دیکھنا چاہتا تھا۔ ٹھیک اسی طرح جس طرح وہ اپنے گھوڑے کو دیکھ رہا تھا۔

جب استاد منگو کے گھر میں بچہ پیدا ہونے والا تھا۔ تو اس نے چار پانچ مہینے بڑی بے قراری سے گزارے تھے۔ اس کو یقین تھا کہ بچہ کسی نہ کسی دن ضرور پیدا ہو گا مگر وہ انتظار کی گھڑیاں نہیں کاٹ سکتا تھا۔ وہ چاہتا تھا کہ اپنے بچے کو صرف ایک نظر دیکھ لے۔ اس کے بعد وہ پیدا ہوتا رہے۔ چنانچہ اسی غیر مغلوب خواہش کے زیرِ اثر اس نے کئی بار اپنی بیمار بیوی کے پیٹ کو دبا دبا کر اور اس کے اوپر کان رکھ کر اپنے بچے کے متعلق کچھ جاننا چاہا تھا مگر ناکام رہا تھا۔ ایک مرتبہ وہ انتظار کرتے کرتے اس قدر تنگ آگیا تھا کہ اپنی بیوی پر برس پڑا تھا، "تو ہر وقت مردے کی طرح پڑی رہتی ہے۔ اُٹھ ذرا چل پھر، تیرے انگ میں تھوڑی سی طاقت تو آئے۔ یوں تختہ بنے رہنے سے کچھ نہ ہو سکے گا۔ تو سمجھتی ہے کہ اس طرح لیٹے لیٹے بچّہ جن دے گی؟"

استاد منگو طبعاً بہت جلد باز واقع ہوا تھا۔ وہ ہر سبب کی عملی تشکیل دیکھنے کا خواہش مند تھا بلکہ متجسّس تھا۔ اس کی بیوی گنگا دیوی اس کی اس قسم کی بے قراریوں کو دیکھ کر عام طور پر یہ کہا کرتی تھی، "ابھی کنواں کھودا نہیں گیا اور پیاس سے نڈھال ہو رہے ہو۔"

کچھ بھی ہو مگر استاد منگو نئے قانون کے انتظار میں اتنا بیقرار نہیں تھا۔ جتنا کہ اسے اپنی طبیعت کے لحاظ سے ہونا چاہیے تھا۔ وہ نئے قانون کو دیکھنے کے لیے گھر سے نکلا تھا،

ٹھیک اسی طرح جیسے وہ گاندھی یا جواہر لال کے جلوس کا نظارہ کرنے کے لیے نکلا کرتا تھا۔

لیڈروں کی عظمت کا اندازہ اُستاد منگو ہمیشہ ان کے جلوس کے ہنگاموں اور ان کے گلے میں ڈالے ہوئے پھولوں کے ہاروں سے کیا کرتا تھا اگر کوئی لیڈر گیندے کے پھولوں سے لدا ہو تو استاد منگو کے نزدیک، وہ بڑا آدمی تھا۔ اور اگر کسی لیڈر کے جلوس میں بھیڑ کے باعث دو تین فساد ہوتے ہوتے رہ جائیں۔ تو اس کی نگاہوں میں وہ اور بھی بڑا تھا۔ اب نئے قانون کو وہ اپنے ذہن کے اسی ترازو میں تولنا چاہتا تھا۔

انار کلی سے نکل کر وہ مال روڈ کی چمکیلی سطح پر اپنے تانگے کو آہستہ آہستہ چلا رہا تھا کہ موٹروں کی دکان کے پاس اسے چھاؤنی کی ایک سواری مل گئی۔ کرایہ طے کرنے کے بعد اس نے اپنے گھوڑے کو چابک دکھایا۔ اور دل میں خیال کیا، "چلو یہ بھی اچھا ہوا۔۔۔ شاید چھاؤنی ہی سے نئے قانون کا کچھ پتہ چل جائے۔"

چھاؤنی پہنچ کر استاد منگو نے سواری کو اس کی منزل مقصود پر اتار دیا۔ اور جیب سے سگریٹ نکال کر بائیں ہاتھ کی آخری دو انگلیوں میں دبا کر سلگایا۔ اور پچھلی نشست کے گدّے پر بیٹھ گیا۔۔۔ جب استاد منگو کو کسی سواری کی تلاش نہیں ہوتی تھی۔ یا اسے کسی بیتے ہوئے واقعے پر غور کرنا ہوتا تھا۔ تو وہ عام طور پر اگلی نشست چھوڑ کر پچھلی نشست پر بڑے اطمینان سے بیٹھ کر اپنے گھوڑے کی باگیں دائیں ہاتھ کے گرد لپیٹ لیا کرتا تھا۔ ایسے موقعوں پر اس کا گھوڑا تھوڑا سا ہنہنانے کے بعد بڑی دھیمی چال چلنا شروع کر دیتا تھا۔ گویا اسے کچھ دیر کے لیے بھاگ دوڑ سے چھٹی مل گئی ہے۔

گھوڑے کی چال اور استاد منگو کے دماغ میں خیالات کی آمد بہت سست تھی۔ جس طرح گھوڑا آہستہ آہستہ قدم اٹھا رہا تھا۔ اسی طرح استاد منگو کے ذہن میں نئے قانون کے

متعلق نئے قیاسات داخل ہو رہے تھے۔

وہ نئے قانون کی موجودگی میں میونسپل کمیٹی سے تانگوں کے نمبر ملنے کے طریقے پر غور کر رہا تھا۔ وہ اس قابل غور بات کو آئینِ جدید کی روشنی میں دیکھنے کی سعی کر رہا تھا۔ وہ اس سوچ بچار میں غرق تھا۔ اسے یوں معلوم ہوا جیسے کسی سواری نے اسے بلایا ہے۔ پیچھے پلٹ کر دیکھنے سے اسے سڑک کے اس طرف دُور بجلی کے کھمبے کے پاس ایک "گورا" کھڑا نظر آیا۔ جو اسے ہاتھ سے بلا رہا تھا۔

جیسا کہ بیان کیا جا چکا ہے استاد منگو کو گوروں سے بیحد نفرت تھی۔ جب اس نے اپنے تازہ گاہک کو گورے کی شکل میں دیکھا تو اس کے دل میں نفرت کے جذبات بیدار ہو گئے۔ پہلے تو اس کے جی میں آئی کہ بالکل توجہ نہ دے اور اس کو چھوڑ کر چلا جائے مگر بعد میں اس کو خیال آیا ان کے پیسے چھوڑنا بھی بیوقوفی ہے۔ کلغی پر جو مفت میں ساڑھے چودہ آنے خرچ کر دئے ہیں، ان کی جیب ہی سے وصول کرنے چاہئیں۔ چلو چلتے ہیں۔

خالی سڑک پر بڑی صفائی سے تانگا موڑ کر اس نے گھوڑے کو چابک دکھایا اور آنکھ جھپکنے میں وہ بجلی کے کھمبے کے پاس تھا۔ گھوڑے کی باگیں کھینچ کر اس نے تانگہ ٹھہرایا اور پچھلی نشست پر بیٹھے بیٹھے گورے سے پوچھا، "صاحب بہادر کہاں جانا مانگتا ہے؟" اس سوال میں بلا کا طنزیہ انداز تھا، صاحب بہادر کہتے وقت اس کا اوپر کا مونچھوں بھرا ہونٹ نیچے کی طرف کھنچ گیا۔ اور پاس ہی گال کے اس طرف جو مدھم سی لکیر ناک کے نتھنے سے ٹھوڑی کے بالائی حصے تک چلی آ رہی تھی، ایک لرزش کے ساتھ گہری ہو گئی، گویا کسی نے نوکیلے چاقو سے شیشم کی سانولی لکڑی میں دھاری ڈال دی ہے۔ اس کا سارا چہرہ ہنس رہا تھا، اور اپنے اندر اس نے اس "گورے" کو سینے کی آگ میں جلا کر بھسم کر ڈالا تھا۔

جب "گورے" نے جو بجلی کے کھمبے کی اوٹ میں ہوا کا رخ بچا کر سگرٹ سُلگا رہا تھا

مڑ کر تانگے کے پائدان کی طرف قدم بڑھایا تو اچانک استاد منگو کی اور اس کی نگاہیں چار ہوئیں۔ اور ایسا معلوم ہوا کہ بیک وقت آمنے سامنے کی بندوقوں سے گولیاں خارج ہوئیں۔ اور آپس میں ٹکرا کر ایک آتشیں بگولا بن کر اوپر کو اڑ گئیں۔

استاد منگو جو اپنے دائیں ہاتھ سے باگ کے بل کھول کر تانگے پر سے نیچے اُترنے والا تھا۔ اپنے سامنے کھڑے 'گورے' کو یوں دیکھ رہا تھا گویا وہ اس کے وجود کے ذرّے ذرّے کو اپنی نگاہوں سے چبا رہا ہے۔ اور گورا کچھ اس طرح اپنی نیلی پتلون پر سے غیر مرئی چیزیں جھاڑ رہا ہے، گویا وہ استاد منگو کے اس حملے سے اپنے وجود کے کچھ حصے کو محفوظ رکھنے کی کوشش کر رہا ہے۔

گورے نے سگریٹ کا دھواں نگلتے ہوئے کہا، "جانا مانگٹا یا پھر گڑبڑ کرے گا؟"

"وہی ہے" یہ لفظ استاد منگو کے ذہن میں پیدا ہوئے اور اس کی چوڑی چھاتی کے اندر ناچنے لگے۔

"وہی ہے۔" اس نے یہ لفظ اپنے منہ کے اندر ہی اندر دہرائے اور ساتھ ہی اسے پورا یقین ہو گیا کہ وہ گورا جو اس کے سامنے کھڑا تھا وہی ہے جس سے پچھلے برس اس کی جھڑپ ہوئی تھی، اور اس خواہ مخواہ کے جھگڑے میں جس کا باعث گورے کے دماغ میں چڑھی ہوئی شراب تھی۔ اسے طوعاً کرہاً بہت سی باتیں سہنا پڑی تھیں۔ استاد منگو نے گورے کا دماغ درست کر دیا ہوتا بلکہ اس کے پرزے اڑا دیئے ہوتے، مگر وہ کسی خاص مصلحت کی بنا پر خاموش ہو گیا تھا۔ اس کو معلوم تھا کہ اس قسم کے جھگڑوں میں عدالت کا نزلہ عام طور کوچوانوں ہی پر گرتا ہے۔

استاد منگو نے پچھلے برس کی لڑائی اور پہلی اپریل کے نئے قانون پر غور کرتے ہوئے گورے سے کہا، "کہاں جانا مانگٹا ہے؟" استاد منگو کے لہجے میں چابک ایسی تیزی تھی۔

گورے نے جواب دیا۔ "ہیرا منڈی۔"

"کرایہ پانچ روپے ہوگا"۔ استاد منگو کی مونچھیں تھرتھرائیں۔

یہ سن کر گورا حیران ہوگیا۔ وہ چلاّیا۔ "پانچ روپے۔ کیا تم۔۔۔؟"

"ہاں، ہاں، پانچ روپے۔" یہ کہتے ہوئے استاد منگو کا داہنا بالوں بھرا ہاتھ بھینچ کر ایک وزنی گھونسے کی شکل اختیار کر گیا۔ "کیوں جاتے ہو یا بیکار باتیں بناؤ گے؟" استاد منگو کا لہجہ زیادہ سخت ہوگیا۔

گورا پچھلے برس کے واقعے کو پیش نظر رکھ کر استاد منگو کے سینے کی چوڑائی نظر انداز کر چکا تھا۔ وہ خیال کر رہا تھا کہ اس کی کھوپڑی پھر کھجلا رہی ہے۔ اس حوصلہ افزا خیال کے زیر اثر وہ تانگے کی طرف اکڑ کر بڑھا اور اپنی چھڑی سے استاد منگو کو تانگے پر سے نیچے اُترنے کا اشارہ کیا۔ بید کی یہ پالش کی ہوئی پتلی چھڑی استاد منگو کی موٹی ران کے ساتھ دو تین مرتبہ چھوئی۔ اس نے کھڑے کھڑے اوپر سے پست قد گورے کو دیکھا گویا وہ اپنی نگاہوں کے وزن ہی سے اسے پیس ڈالنا چاہتا ہے۔ پھر اس کا گھونسہ کمان میں سے تیر کی طرح سے اوپر کو اٹھا اور چشم زدن میں گورے کی ٹھڈی کے نیچے جم گیا۔ دھکا دے کر اس نے گورے کو پرے ہٹایا۔ اور نیچے اتر کر اسے دھڑا دھڑ پیٹنا شروع کر دیا۔

ششدر و متحیر گورے نے ادھر ادھر سمٹ کر استاد منگو کے وزنی گھونسوں سے بچنے کی کوشش کی۔ اور جب دیکھا کہ اس کے مخالف پر دیوانگی کی سی حالت طاری ہے۔ اور اس کی آنکھوں میں سے شرارے برس رہے ہیں۔ تو اس نے زور زور سے چلانا شروع کیا۔ اس کی چیخ پکار نے استاد منگو کی بانہوں کا کام اور بھی تیز کر دیا۔ وہ گورے کو جی بھر کے پیٹ رہا تھا۔ اور ساتھ ساتھ یہ کہتا جاتا تھا، "پہلی اپریل کو بھی وہی اکڑ فوں۔۔۔ پہلی اپریل کو بھی وہی اکڑ فوں۔۔۔ اب ہمارا راج ہے بچہ!"

لوگ جمع ہو گئے۔ اور پولیس کے دو سپاہیوں نے بڑی مشکل سے گورے کو استاد منگو کی گرفت سے چھڑایا۔ استاد منگو ان دو سپاہیوں کے درمیان کھڑا تھا اس کی چوڑی چھاتی پھولی سانس کی وجہ سے اوپر نیچے ہو رہی تھی۔ منہ سے جھاگ بہہ رہا تھا۔ اور اپنی مسکراتی ہوئی آنکھوں سے حیرت زدہ مجمع کی طرف دیکھ کر وہ ہانپتی ہوئی آواز میں کہہ رہا تھا۔"

"وہ دن گزر گئے۔ جب خلیل خاں فاختہ اڑایا کرتے تھے۔۔۔ اب نیا قانون ہے میاں۔۔۔ نیا قانون!"

اور بیچارا گورا اپنے بگڑے ہوئے چہرے کے ساتھ بے وقوفوں کے مانند کبھی استاد منگو کی طرف دیکھتا تھا اور کبھی ہجوم کی طرف۔

استاد منگو کو پولیس کے سپاہی تھانے میں لے گئے۔ راستے میں اور تھانے کے اندر کمرے میں وہ "نیا قانون نیا قانون" چلاّتا رہا۔ مگر کسی نے ایک نہ سنی۔

"نیا قانون، نیا قانون۔ کیا بک رہے ہو۔۔۔ قانون وہی ہے پرانا!"

اور اس کو حوالات میں بند کر دیا گیا!

***

فینسی ہیئر کٹنگ سیلون

غلام عباس

آبادیوں کی ادل بدل نے ایک دن ایک اجنبی شہر میں چار حجاموں کو اکھٹا کر دیا۔ وہ ایک چھوٹی سی دکان پر چائے پینے آئے۔ جیسا کہ قاعدہ ہے ہم پیشہ لوگ جلد ہی ایک دوسرے کو پہچان لیتے ہیں۔ یہ لوگ بھی جلد ایک دوسرے کو جان گئے۔ چاروں وطن سے لٹ لٹا کر آئے تھے۔ جب اپنی پپتا سنا چکے تو سوچنے لگے کہ اب کریں تو کیا کریں؟ تھوڑی تھوڑی سی پونجی اور اپنی اپنی کسبت ہر ایک پاس تھی ہی۔ صلاح ٹھہری کہ چاروں مل کر ایک دکان لیں۔ اور ساجھے میں کام شروع کریں۔

یہ تقسیم کے آغاز کا زمانہ تھا۔ شہروں میں افراتفری پھیلی ہوئی تھی۔ لوگ دل جمعی سے کوئی کام نہ کر پاتے تھے۔ تمام کاروبار سرد پڑے ہوئے تھے۔ پھر بھی ان حجاموں کو دکان کے لیے کافی دوڑ دھوپ کرنی پڑی۔ وہ کئی دن تک سرکاری دفتروں کے چکر کاٹتے رہے اور چھوٹے چھوٹے افسروں، کلرکوں اور چپراسیوں تک کو اپنی دکھ بھری کہانی بڑھا چڑھا کر سناتے رہے۔ آخر کار ایک افسر کا دل پسیج گیا اور اس نے ان چاروں کو شہر کے ایک اہم چوک میں ایک حجام ہی کی دکان دلا دی جو ہنگامہ کے دنوں میں تالا ڈال بھاگ گیا تھا۔

یہ دکان زیادہ بڑی تو نہ تھی پر اس کے مالک نے اس میں اچھا خاصا سیلونوں کا سا

ٹھاٹھ باٹھ کر رکھا تھا۔ دیواروں کے ساتھ ساتھ لکڑی کے تختے جوڑ اوپر سنگ مرمر کی لمبی لمبی سلیں جما، ٹیبل سے بنا لیے تھے۔ تین ایک طرف اور دو ایک طرف۔ ہر ایک ٹیبل کے ساتھ دیوار میں جڑا ہوا ایک بڑا آئینہ تھا اور ایک اونچے پایوں کی کرسی جس کے پیچھے لکڑی کا گدی دار اسٹینڈ لگا ہوا تھا۔ گاہک ٹھنگنے قد کا ہوا تو اسٹینڈ کو نیچے سرکا لیا۔ لمبے قد کا ہوا تو اونچا کر لیا اور گدی پر اس کے سر کو ٹکا، مزے سے داڑھی مونڈنے لگے۔

ضرورت کی یہ سب چیزیں مہیا تو تھیں مگر ذرا پرانے فیشن کی اور ٹوٹی پھوٹی۔ سنگ مرمر کی سلوں کے کنارے اور کونے جگہ جگہ سے شکستہ تھے، آئینے تھے تو بڑے بڑے مگر ذرا پتلے۔ اس کی وجہ سے گاہکوں کو اپنی صورتیں چپٹی چپٹی سی نظر آتی تھیں۔ ایک آئینے کے بیچ میں کچھ اس طرح کا بال پڑ گیا تھا کہ دیکھنے والے کو اس میں بیک وقت ایک کے دو چہرے نظر آتے مگر دونوں ادھورے جو ایک دوسرے میں گڈ مڈ ہو کر مضحکہ خیز صورتیں پیدا کرتے۔ چنانچہ اس آئینے کے سامنے بیٹھنے والا اپنی گردن کو تین چار مرتبہ مختلف زاویوں پر اونچا نیچا کیے بغیر نہ رہ سکتا۔ علاوہ ازیں اس دکان میں شیمپو کا بھی کوئی انتظام نہ تھا۔

لیکن ان حجاموں نے ان خامیوں کا زیادہ خیال نہ کیا۔ سچ یہ ہے، یہ بات ان کے وہم وخیال میں بھی نہ آسکتی تھی کہ ایک دن انہیں یہ سب سامان بنا بنایا مفت مل جائے گا۔ اپنے وطن میں وہ اب تک بڑی گمنامی کی زندگی بسر کرتے رہے تھے۔ ان میں سے ایک جو عمر میں سب سے بڑا تھا اور استاد کہلاتا تھا، اس نے کچھ مستقل گاہک باندھ رکھے تھے جن کے گھر وہ ہر روز یا ایک دن چھوڑ کر ڈاڑھی مونڈنے جایا کرتا تھا۔ اس سے عمر میں دوسرے درجے پر جو حجام تھا اس نے ریلوے اسٹیشن کے پلیٹ فارم اور لاریوں کے اڈے سنبھال رکھے تھے۔ دن بھر کسبت گلے میں ڈالے ڈاڑھی بڑھوں کی ٹوہ میں رہا کرتا

تھا۔ اور دوسرے دو حجام جو نو عمر تھے، ڈیڑھ ڈیڑھ روپے یومیہ پر کبھی کسی دکان میں تو کبھی کسی دکان میں کام کیا کرتے تھے۔ اب اچانک قسمت نے ان لوگوں کو زندگی میں پہلی مرتبہ آزادی اور خودمختاری کا یہ موقع جو بخشا تو وہ بہت خوش ہوئے اور دکان کو اور زیادہ ترقی دینے اور اپنی حالت کو سنوارنے پر کمربستہ ہو گئے۔

سب سے پہلے ان لوگوں نے بازار سے ایک کوچی اور چونا لاکر خود ہی دکان میں سفیدی کی اور اس کے فرش کو خوب دھویا پونچھا۔ اس کے بعد نیلام گھر سے پرانے انگریزی کپڑوں کے دو تین گٹھر سستے داموں خریدے، ان میں سے قمیضوں اور پتلونوں کو چھانٹ کر الگ کیا۔ پھٹے کپڑوں کو سیا۔ جہاں جہاں پیوند لگانے کی ضرورت تھی وہاں پیوند لگائے۔ جن حصوں کو چھوٹا کرنا تھا ان کو چھوٹا کیا اور یوں ہر ایک نے اپنے لیے دو دو تین تین جوڑے تیار کر لیے۔ اس کے علاوہ ہر ایک کو ایک ایک چادر کی بھی ضرورت تھی۔ جسے بال کاٹنے کے وقت گاہک کے جسم پر گردن سے نیچے نیچے لپیٹنا ضروری ہوتا ہے۔ یہ ذرا مشکل کام تھا مگر ان لوگوں نے سایوں، جمپروں، کوٹوں اور پتلونوں کو پھاڑ کر جیسے تیسے دو چادریں بنا ہی لیں۔ کپڑوں کے اسی ڈھیر میں انہیں ریشم کا ایک سیاہ پردہ بھی ملا جس میں سنہرے رنگ میں تتلیاں بنی ہوئی تھیں۔ کپڑا تھا تو بوسیدہ مگر ابھی تک اس میں چمک دمک باقی تھی۔ اسے احتیاط سے دھو کر دکان کے دروازے پر لٹکا دیا۔

اپنے اپنے اوزار سب کے پاس تھے ہی، ان کی تو فکر نہ تھی۔ البتہ تھوڑے تھوڑے داموں والی کئی چیزیں خریدی گئیں۔ مثلاً سلولائڈ کے پیالے صابن کے لیے، داڑھی کے برش، پھٹکری، چھوٹی بڑی کنگھیاں، تولیے، دو تین تیز خوشبو والے دیسی تیلوں کی شیشیاں، ایک گھٹیا درجہ کے کریم کی شیشی، ایک سستا سا پاؤڈر کا ڈبہ۔ علاوہ ازیں کباڑیوں کی دکانوں سے ولایتی لونڈر کی ٹیڑھی ترچھی خالی شیشیاں خرید ان میں سرسوں کا تیل بھر

دیا۔

دکان کی آرائش کی طرف سے بھی یہ لوگ غافل نہیں رہے۔ دکان کے پہلے مالک نے اس میں نہ جانے کس زمانے کی دقیانوسی تصویریں لٹکا رکھی تھیں ان کو اتار ڈالا، اور ان کی جگہ دو ایک پرانے امریکن فلموں کے بڑے بڑے رنگ دار پوسٹر جو ایک کباڑیے کے ہاں سے لے آئے تھے، دکان کے اندر دیواروں پر چسپاں کر دیے۔ علاوہ ازیں دو تین قطعات اور ایک کیلنڈر جس میں ملک کے بڑے بڑے سیاسی لیڈروں کے فوٹو تھے، دیوار پر ٹانگ دیے۔

دکان کو جلد چلانے کے خیال سے انہوں نے اجرتیں بہت کم رکھیں۔ مروجہ اجرتوں سے نصف سے بھی کم۔ چنانچہ ایک گتے پر سیاہ روشنائی سے حجامت کی مختلف قسموں کی اجرتیں لکھوا کر اسے دیوار پر ایسی جگہ لٹکا دیا کہ گاہک جیسے ہی دکان میں داخل ہو، اس کی نظر سب سے پہلے اسی پر پڑے۔ پہلے حجام نے اس دکان کا نام فینسی ہیر کٹنگ سیلون رکھا تھا۔ یہ نام دکان کی پیشانی پر بہت جلی حروف میں انگریزی اور اردو دونوں زبانوں میں لکھا ہوا تھا۔ ایک بابو سے فینسی کا مطلب معلوم کر کے بہت خوش ہوئے۔ اور فیصلہ کیا کہ فی الحال اسی سے کام لیا جائے۔ کوئی نیا نام رکھتے تو اس کو مٹانے اور اس کو لکھوانے پر خاصی رقم خرچ کرنی پڑتی۔

جس روز باقاعدہ طور پر دکان کا افتتاح ہونا تھا، انہوں نے دوپہر کو بڑی محنت سے ایک دوسرے کی حجامتیں بنائیں۔ لمبی لمبی قلمیں رکھیں۔ گرم پانی سے خوب مل مل کر نہائے، صاف ستھری قمیضیں اور پتلونیں پہنیں، جن کو انہوں نے قریب کی ایک لانڈری سے دھلوایا تھا۔ بالوں میں تیل ڈالا، پٹیاں جمائیں، گردن اور چہرے پر ہلکا ہلکا پاؤڈر ملا اور یوں چاق و چوبند ہوئے۔ اگربتیوں کی بھینی بھینی خوشبو میں استروں کو جن کی دھار

رات بھر سلوں پر تیز کرتے رہے تھے، ہتھیلی پر ہلکا ہلکا پٹکتے ہوئے خود کو خدمت خلق کے لیے پیش کر دیا۔

پہلی شام کچھ زیادہ کامیاب ثابت نہ ہوئی۔ کل پانچ گاہک آئے۔ تین شیو اور دو بال کٹائی کے اور وہ بھی آدھ آدھ پاپا گھنٹے کے وقفے پر۔ مگر یہ لوگ ذرا مایوس نہ ہوئے۔ ہر گاہک کا پر جوش خیر مقدم کیا۔ اس کو بٹھانے سے پہلے کرسی کو دوبارہ جھاڑا پونچھا۔ اس کی ٹوپی پگڑی یا کوٹ لے کر احتیاط سے کھونٹی پر ٹانگ دیا۔ ڈاڑھی کے بال نرم کرنے کے لیے دیر تک برش سے جھاگ کو پھینٹا۔ بڑے نرم ہاتھ سے استرا چلایا، اور اگر احتیاط کے باوجود کہیں ہلکا سا چرکا لگ بھی گیا تو بڑی چابک دستی سے خون کو صابن کے جھاگ میں چھپائے رکھا۔ تاوقتیکہ پوری ڈاڑھی نہ مونڈلی اور پھر اطمینان سے پھٹکری پھیر کر زخم کو نیست ونابود کر دیا۔

ایک حجام نے اس خیال سے کہ بال کاٹنے میں زیادہ وقت لگایا جائے، تو گاہک خوش ہوتا ہے۔ ایک دفعہ بال تراش کر دوبارہ پھر تراشنے شروع کر دیے۔ آخر میں اس نے گاہک کے سر میں تیل ڈال یوں ہلکے ہلکے مزے مزے ملنا شروع کیا کہ گاہک کی آنکھوں میں سرور کی سی کیفیت پیدا ہوگئی۔ اس کو اپنی محنت کا صلہ جلد ہی مل گیا۔ گاہک نے اجرت کے علاوہ ایک آنہ اسے بخشش کے طور پر بھی دیا۔ اس شام کام کی کمی کے باوجود ان لوگوں نے دیر تک دکان کھلی رکھی۔ پھر دکان بڑھانے کے بعد بھی وہ دیر تک جاگتے رہے اور ہنسی مذاق کی باتیں کرتے رہے۔

دوسرے دن دفتروں میں کوئی تعطیل تھی۔ صبح کو آٹھ بجے ہی سے گاہک آنے شروع ہوگئے۔ دس بجے کے بعد تو یہ کیفیت ہوگئی کہ ایک گیا نہیں کہ دوسرا آگیا۔ پھر بعض دفعہ تو تین تین کاریگر بیک وقت کام میں مصروف رہے۔ رات کو دکان بڑھا کر

حساب کیا تو ہر ایک کے حصے میں تقریبا چار چار روپے آئے۔ تیسرے روز پھر مندہ رہا۔ مگر چوتھے روز پھر گاہکوں کی گہما گہمی دیکھ کر چاروں کو یقین ہوگیا کہ دکان قطعی طور پر چل نکلی ہے۔

یہ لوگ اس اجنبی شہر میں اکیلے ہی آئے تھے۔ لہذا رات کو فرش پر بستر جما دکان ہی میں پڑ رہتے۔ ایک چھوٹی سی انگیٹھی، ایک کیتلی اور دو تین روغنی پرچ پیالیاں خرید لیں۔ صبح کو دکان ہی میں چائے بناتے اور ناشتہ کرتے۔ دوپہر کو تنور سے دو ایک قسم کے سالن اور روٹیاں لے آتے اور چاروں مل کر پیٹ بھر لیتے۔

دکان کو قائم ہوئے ابھی آٹھ دن ہی ہوئے تھے کہ ایک دن سہ پہر کو ایک ادھیڑ عمر دبلا پتلا شریف صورت آدمی دکان میں داخل ہوا۔ اس کے کپڑے میلے تھے مگر پھٹے ہوئے نہ تھے۔ سر پر اس وضع کی پگڑی جیسے منشی لوگ باندھا کرتے ہیں۔ پاؤں میں نری کا جوتا، ڈاڑھی بڑھی ہوئی۔ یہ فیصلہ کرنا مشکل تھا کہ اس میں سفید بال زیادہ ہیں یا کالے۔ ایک گھٹیا درجہ کی عینک لگائے تھا جس کی ایک کمانی ٹوٹی ہوئی تھی اور اسے دھاگے سے جوڑ رکھا تھا۔ ان لوگوں نیا سے کرسی پر بیٹھنے کو کہا۔ پہلے تو وہ جھجکا مگر پھر بیٹھ گیا۔

ایک حجام نے پوچھا "شیو؟"

اس نے کہا: "نہیں۔"

"بال؟"

"نہیں۔"

"او پھر کیا چاہتے ہو؟" استاد نے پوچھا۔

"مہربانی کر کے میرے ناخن کاٹ دو۔" اُس نے کہا۔

ناخن کٹوانے کے بعد بھی وہ شخص وہیں بیٹھا رہا۔ آخر جب ان لوگوں نے بار بار اس

کی طرف سوالیہ نظروں سے دیکھا تو اس نے کہنا شروع کیا:

" صاحب میں ایک غریب مہاجر ہوں۔ میں اپنے وطن میں ایک بنئے کا منشی تھا۔ اس کے ہاں راشن کارڈوں کی پرچیاں لکھا کرتا تھا اور حساب کتاب کا کام بھی کیا کرتا تھا۔ وطن چھوٹا تو یہ روزگار بھی چھوٹ گیا۔ اس شہر میں کئی دن سے بیکار پھر رہا ہوں۔ کئی جگہ نوکری کی تلاش میں گیا مگر ہر جگہ پہلے ہی سے منشی موجود تھے۔ اگر آپ مجھے کوئی کام دلوادیں تو عمر بھر احسان نہ بھولوں گا میں۔ اس بیکاری سے ایسا تنگ آگیا ہوں کہ جو کام بھی مجھے بتائیں گے، دل و جان سے کروں گا۔ حساب کتاب کے کام کے علاوہ میں کھانا پکانا بھی جانتا ہوں۔"

اس کی بات سن کر یہ لوگ تھوڑی دیر خاموش رہے اور آنکھوں ہی آنکھوں میں ایک دوسرے سے صلاح مشورہ کرتے رہے۔ آخر استاد نے زبان کھولی:

" دیکھو میاں ہم خود مہاجر ہیں اور نیا نیا کام شروع کیا ہے۔ تنخواہ تو ہم تم کو دینے کے نہیں۔ ہاں کھانا دونوں وقت ہمارے ساتھ کھاؤ۔ بلکہ خود ہی پکاؤ۔ کیونکہ تم ہمارے بھائی ہو۔ بس اپنی دکان کو جھاڑ پونچھ دیا کرنا۔ پھر جب کہیں تمہارا کام بن جائے تو شوق سے چلے جانا، ہم روکیں گے نہیں۔" اس شخص نے بڑی خوشی سے ان کی یہ شرط منظور کرلی۔ شکریہ ادا کیا اور وہیں رہ پڑا۔

دوسرے دن بازار سے ایلومینیم کی ایک دیگچی اور کچھ برتن خریدے گئے اور دکان میں ہنڈیا پکنے کا سامان ہونے لگا۔ مگر پہلے ہی روز ان پر یہ بات ظاہر ہوگئی کہ یہ شخص کھانا پکانا کچھ واجبی ہی جانتا ہے۔ تاہم اسے نکالا نہیں گیا۔ جھاڑنے پونچھنے میں وہ کافی چست تھا۔ بازار سے سودا بھی دوڑ کرلے آتا تھا۔ سچ یہ کہ ایک شخص جو آٹھ پہر غلامی کرنے کو تیار تھا۔ خط پتر لکھ سکتا تھا۔ حساب کتاب جانتا تھا۔ آقاؤں سے ادب سے پیش آتا تھا دو

وقت کی روٹی پر کچھ مہنگا نہ تھا۔

یوں ہی دن گزرتے گئے۔ یہاں تک کہ دکان کھلے دو مہینے ہو گئے۔ اس عرصے میں دکان نے خاصی ترقی کر لی تھی۔ ان لوگوں نے اس کے لیے کچھ نیا فرنیچر بھی خرید لیا تھا۔ شیمپو کے لیے بیسن وغیرہ بھی لگوا لیا تھا اور تھوڑی تھوڑی رقم ہر ایک نے بچا بھی لی تھی۔

تیسرا مہینہ ابھی آدھا ہی گزرا تھا کہ ایک دن صبح ہی صبح استاد کو اپنے بیوی بچوں کی یاد بے طرح ستانے لگی۔ دوپہر ہوتے ہوتے وہ ٹھنڈے ٹھنڈے سانس لینے لگا۔ تیسرے پہر اس کی اداسی اور بھی بڑھ گئی۔ شام ہونے سے پہلے ہی اس نے اپنے ساتھیوں سے چار دن کی چھٹی لی اور بیوی بچوں کو لے آنے کے لیے روانہ ہو گیا۔ جو کوئی دو سو میل دور کسی شہر میں اپنے کسی رشتہ دار کے دروازے پر ناخواندہ مہمان بنے پڑے تھے۔

استاد نے چار دن میں لوٹ آنے کا پکا وعدہ کیا تھا اور بڑی بڑی قسمیں کھائی تھیں۔ مگر واپسی میں پورے پندرہ دن لگ گئے۔ بیوی بچوں کو تو اسٹیشن کے مسافر خانے ہی میں چھوڑا، اور خود دوکان پر پہنچا۔ اس نے اپنے ساتھیوں کو بیماریوں کی ایک طویل داستان سنائی جن میں اس کی بیوی اور چار بچے مبتلا تھے اور وہ تکلیفیں بھی بیان کیں جو بیوی بچوں کو یہاں تک لانے میں اسے اٹھانی پڑیں۔ آخر میں اس نے خرچ کی تنگی کا ذکر کیا اور روپیہ قرض مانگا۔

یہ بات تو ظاہر ہی تھی کہ جتنے روز استاد نے دکان میں کام نہیں کیا تھا اتنے روز کی آمدنی میں اس کا کوئی حصہ نہ تھا۔ اور پھر ایک کاریگر کے کم ہو جانے سے آمدنی بھی نسبتا کم ہی ہوئی تھی۔ مگر کچھ تو بزرگی کا لحاظ کرتے ہوئے اور کچھ مروت کی وجہ سے اس کے ساتھیوں نے اسے یہ بات نہ جتائی بلکہ ہر ایک نے اپنی اپنی جیب سے پانچ پانچ روپے نکال کر اس کے حوالے کر دیے۔ پندرہ روپے استاد کی ضرورتوں کے مقابلے میں بہت ہی کم

تھے۔ مگر وہ چپ چاپ یہ رقم لے کر چلا گیا۔

دوسرے دن سے پھر چاروں آدمی کام کرنے لگے۔ اب تک تو ان کا یہ قاعدہ رہا تھا کہ گاہکوں سے اجرتیں لے لے کر اپنے پاس ہی جمع کرتے رہتے۔ اور رات کو دکان بڑھاتے وقت ساری رقم اکٹھی کر کے آپس میں برابر برابر تقسیم کر لیتے۔ دکان کے رکھ رکھاؤ، ٹوٹ پھوٹ اور اپنے اور نوکر کے کھانے پینے پر جو رقم خرچ ہوتی اس میں وہ چاروں برابر کے ساتھی تھے۔ مگر استاد نے دوسرے ہی دن باتوں باتوں میں اپنے ساتھیوں سے کہہ دیا کہ بھئی میں بیوی بچوں والا ہوں۔ پردیس کا معاملہ ہے، ان کو اکیلا کیسے چھوڑ سکتا ہوں۔ اس لیے رات کو میں ان کے پاس سویا کروں گا دوسرے یہ کہ کھانا بھی میں ان کے ساتھ ہی کھایا کروں گا۔ آج سے تم کھانے پینے کے خرچ میں سے میرا نام نکال دو۔۔۔ اور بھائیوں یہ کیسے ہو سکتا ہے کہ میں تو تمہارے ساتھ خرچ کروں اور ادھر گھر پر بھی۔ اس کے ساتھی یہ بات سن کر خاموش ہو رہے۔ اب استاد دوپہر کو کھانا کھانے گھر چلا جاتا۔ جو اس نے قریب ہی کہیں لے لیا تھا۔ دو گھنٹے بعد لوٹتا۔ رات کو وہ جلد ہی دوکان بڑھوا، اپنا حصہ لے چلتا بنتا۔

کوئی ہفتہ بھر تک یہی سلسلہ رہا۔ مگر اس کے بعد استاد کے تینوں ساتھیوں کے طور ایک دم بدل سے گئے۔ اب وہ اکثر آپس میں کھسر پھسر کرتے اور چپکے چپکے استاد کی حرکات و سکنات کو غور سے دیکھتے رہتے۔ خصوصاً اس وقت جب حجامت کے بعد استاد گاہک سے اجرت وصول کرتا۔ وہ کن انکھیوں سے دیکھتے رہتے کہ استاد پیسے کس جیب میں ڈالتا ہے۔

ایک رات جب استاد دکان سے رخصت ہوا تو اس کے تینوں ساتھی دیر تک جاگتے اور آپس میں باتیں کرتے رہے۔ انہیں استاد کے خلاف کئی شکایتیں تھیں۔ جنہیں وہ اب

تک بڑے صبر سے درگزر کرتے رہے تھے۔ مگر اب جب انہوں نے اپنی آنکھوں سے دیکھ لیا کہ استاد روپے پیسے کے معاملے میں بھی کھرا نہیں ہے تو وہ صبر نہ کر سکے۔ انہوں نے استاد کی اس دھوکا بازی کی روک تھام کے لیے بہت سی تجویزیں سوچیں مگر کسی پر دل نہ جما۔ آخر بڑی رات گئے، ایک ترکیب ان کے ذہن میں آئی۔ وہ اطمینان سے سو گئے۔

دوسرے دن جب استاد دوکان پر آیا تو ان تینوں نے آپس میں لڑنا جھگڑنا شروع کر دیا۔ ان میں سے ایک نے دوسرے سے کہا، میں نے خود اپنی ان گناہگار آنکھوں سے دیکھا ہے کہ رات تم نے گاہک سے چونی لے کر اپنی پتلون کی جیب میں ڈال لی۔ حالانکہ سارے پیسے تم اپنی قمیص کی جیب میں ڈالا کرتے ہو۔

دوسرے نے کہا، تم بکتے ہو۔ تم خود پکے بے ایمان ہو۔ پرسوں گاہک نے تمہیں ایک دونی اور دو اکنیاں دی تھیں۔ ایک دوانی اور ایک اکنی تو تم نے جیب میں ڈال لی اور ایک اکنی چالاکی سے انگلیوں کے بیچ میں دبائے رکھی۔

اس پر تیسرے نے کہا: "ارے میاں لڑتے جھگڑتے کیوں ہو۔ جو ہوا اس کو تو کرو معاف آئندہ کے لیے میں تمہیں ایک ترکیب بتاتا ہوں کہ ہم میں سے کوئی چاہے بھی تو اس قسم کا دھوکا نہیں کر سکے گا۔ وہ یہ کہ دروازے کے قریب میز کرسی ڈال دو۔ کرسی پر تو منشی کو بٹھا دو اور میز پر ایک صندوقچی رکھ دو جس کے ڈھکنے میں سوراخ ہو۔ بس گاہک حجامت کے پیسے اس صندوقچی میں خود ہی ڈال دیا کرے۔ ہم میں سے کوئی خود ایک پائی بھی وصول نہ کرے۔ منشی مفت میں روٹیاں بٹورا کرتا ہے۔ اس سے یہ کام کیوں نہ لیا جائے۔ یہ اس بات کا بھی دھیان رکھے گا کہ کوئی شخص بغیر اجرت دیے نہ چلا جائے۔ یا کھوٹے سکے نہ دے دے۔ پھر چاہو تو منشی ساتھ ساتھ کاپی میں رقمیں بھی لکھتا جائے گا۔ آخر کس لیے رکھا ہے اس کو!"

اس پر پہلے نے کہا، "بہت ٹھیک۔ مجھے منظور ہے لیکن یہ نہیں مانے گا بے ایمانی جو ٹھہری جی میں۔"

اس پر دوسرے نے بھنا کر کہا، "کیوں میں کیوں نہ مانوں گا۔ اچھا ہے، ایسا ہو جائے جھوٹ سچ آپ ظاہر ہو جائے گا۔"

تیسرے نے استاد سے پوچھا، "کیوں استاد تمہاری کیا رائے ہے؟" استاد کچھ نہ کہہ سکا، نہ اس تجویز کے حق میں نہ اس کے خلاف۔ اس نے خاموش ہی رہنے میں مصلحت سمجھی۔

دوسرے ہی دن سے اس تجویز پر عمل درآمد شروع ہو گیا۔ ہر روز رات کو دن بھر کی آمدنی کا باقاعدہ حساب ہوتا اور اس میں سے ہر ایک کو پورا پورا حصہ ملتا۔ چار دن نہ گزرنے پائے تھے کہ اس میں اتنی ترمیم اور کر دی گئی کہ آمدنی کا حصہ بجز اروز کے بجائے ہفتہ کے ہفتہ کیا جائے۔ اس طرح ہر شخص کو معقول رقم مل سکے گی۔ ہر روز جو تھوڑے تھوڑے پیسے ملتے ہیں ان سے تو کسی کی بھی پوری نہیں پڑتی۔ ہاں اگر ہفتہ ختم ہونے سے پہلے ہی کسی ساجھے دار کو کچھ رقم کی ضرورت پڑ جائے تو وہ منشی سے پرچی لکھوا کر پیشگی لے سکتا ہے۔

استاد نے اس کی بھی نہ مخالفت کی نہ موافقت، وہ خاموش ہی رہا۔ مگر استاد اپنی اس خاموشی کو زیادہ دن تک قائم نہ رکھ سکا۔ ایک دن وہ صبح ہی صبح دکان پر پہنچا اور چموٹے پر استرے کی دھار کو گھستے ہوئے ایک دم اپنے ساتھیوں پر برس پڑا،

"بس جی بس! میں تم لوگوں کے ساتھ کام نہیں کر سکتا۔ انصاف کا تو آج کل زمانہ ہی نہیں ہے۔ تم نے گدھے اور گھوڑے کو برابر سمجھ لیا ہے۔ تم میں سے نہ تو کوئی میرے جتنا پرانا کاریگر ہے اور نہ ہنر مند۔ پھر ڈاڑھی مونڈنے میں میرا ہاتھ ایسا ہلکا ہے کہ

ہر شخص مجھ ہی سے ڈاڑھی منڈانا چاہتا ہے۔ میں ایسے کئی آدمیوں کو جانتا ہوں کہ جب میں کام میں مصروف ہوتا ہوں تو وہ دکان میں آتے ہی نہیں بلکہ باہر ہی باہر ٹہلتے رہتے ہیں کہ کہیں دوسرے سے داڑھی نہ منڈوانی پڑ جائے۔ پھر جہاں مجھے خالی ہوتے دیکھتے ہیں لپک کر میری کرسی پر آبیٹھتے ہیں۔ منشی اس بات کا گواہ ہے کہ میری روز کی کمائی تم لوگوں سے کہیں زیادہ ہوتی ہے۔ اب تم ہی انصاف کرو کہ جب میں ہنر میں بھی تم سے بڑھ کر ہوں اور گاہک بھی زیادہ میرے ہی پاس آئیں، کام بھی زیادہ میں ہی کروں، کمائی بھی زیادہ میری ہی ہو۔ تو پھر اس کی کیا وجہ کہ مجھے بھی اتنا ہی ملے جتنا تم سب کو ملتا ہے۔ بہتر یہ ہے کہ تم لوگ میرا حصہ مجھے دے دو اور دکان خود کو سنبھال لو۔ اگر یہ نہیں تو کام کے لحاظ سے ہر ایک کی تنخواہ مقرر کر دو۔ آمدنی میں سے تنخواہیں نکال کر جتنی رقم بچے گی وہ ہم چاروں آپس میں برابر برابر بانٹ لیا کریں گے۔ اگر تم کو یہ بات منظور ہو تو اس سے اچھی اور کوئی بات نہیں۔ ورنہ صاحب ایسی دکان اور ایسی ساجھے داری کو میرا دور ہی سے سلام۔ بندہ کہیں اور قسمت آزمائے گا۔ جتنے پیسے مجھے یہاں ملتے ہیں اس سے زیادہ تو میں آنکھ بند کر کے جس سیلون میں چلا جاں لے سکتا ہوں۔"

استاد کی یہ تقریر اس کے تینوں ساجھیوں نے بہت غور اور توجہ سے سنی۔ اس میں کچھ باتیں ٹھیک بھی تھیں۔ مثلاً ہنر مندی میں استاد واقعی ان تینوں سے کہیں بڑھ کر تھا۔ مگر اس کا یہ مطلب تھوڑا ہی تھا کہ وہ ساجھے داری میں اپنی ہنر مندی کا ناجائز دباڈالے۔ جب ساجھا ہی ٹھہرا تو ہنر کی کون پروا کرتا ہے۔ ساجھا ایک کنبہ کی طرح ہے۔ جس میں کمانے والے فرد اپنی اپنی بساط کے مطابق کنبہ کی پرورش کرتے ہیں۔ کم و بیش کمانے والوں یا نہ کمانے والوں میں کسی قسم کی تفریق نہیں کی جاتی اور یہ استاد کی حد درجہ کم ظرفی ہے کہ وہ زیادہ ہنر مند اور کم ہنر مند کا سوال اٹھا کر ساجھے میں تفریق پیدا کرنا چاہتا ہے۔

استاد کے دکان سے قطع تعلق کر لینے کا مطلب بھی وہ خوب سمجھتے تھے۔ اس کا مطلب تھا ایک بھاری رقم بطور معاوضہ استاد کو دینا اور یہ رقم ان کے پاس نہ تھی۔ دوسری صورت یہ تھی کہ یہ تینوں دکان سے علیحدہ ہو جاتے مگر علیحدہ ہو کر جاتے تو کہاں جاتے۔ نہ کام ہی میں ایسی مہارت تھی کہ دوسری جگہ آسانی سے نوکری مل سکتی اور نہ سر چھپانے ہی کا کوئی ٹھکانہ تھا۔ لہذا گلے شکوے تو انہوں نے بہت کیے مگر انجام کار انہوں نے استاد کی تنخواہوں والی شرط مان ہی لی۔ تنخواہیں مقرر کرنے کے مسئلے نے خاصا طول کھینچا۔ آخر بحث و تمحیص کے بعد یہ طے پایا کہ استاد کو توڈیڑھ سو روپے ماہوار ملے اور اس سے نچلے کاریگر کو ایک سو بیس۔ تیسرے کو سو اور چوتھے کو اسی۔ ساتھ ہی یہ بھی قرار پایا کہ تنخواہوں کا حساب مہینے کے مہینے ہوا کرے۔

استاد دل میں بہت خوش تھا کہ بالآخر اس نے اپنا تفوق اپنے ساتھیوں پر قائم کر لیا۔ ادھر اس کے ساتھی کچھ دن پژمردہ رہے۔ مگر پھر مہینے کے بعد ایک معقول رقم ہاتھ آنے کے خیال نے رفتہ رفتہ ان کا غم دور کر دیا۔ اور وہ بڑی بیتابی سے مہینہ کے ختم ہونے کا انتظار کرنے لگے۔ خدا خدا کر کے جب مہینہ ختم ہوا اور تنخواہ کا دن آیا تو یہ دیکھ کر ان چاروں حجاموں کی حیرانی اور مایوسی کی کوئی حد نہ رہی کہ پچھلے مہینے دکان سے جو آمدنی ہوئی تھی، اس میں سے ان کی آدھی آدھی تنخواہیں بھی نہیں نکلتی تھیں۔ ان لوگوں کو سب سے زیادہ اچنبھا اس بات پر ہوا کہ دکان پہلے زیادہ ترقی پر تھی۔ گاہک بھی پہلے سے زیادہ آرہے تھے مگر اس کے باوجود انہیں جو رقم ملی اس کا یومیہ ابتدائی دنوں کے یومیہ سے بھی کم تھے۔ منشی کے کھاتے کی جانچ پڑتال کی گئی۔ مگر اس نے پائی پائی کا حساب بتادیا۔ ہر شخص کی روز کی کمائی، چاروں کی روز کی کمائی، ہفتہ کی کمائی، مہینہ کی کمائی۔ الگ الگ بھی اور مشترکہ بھی، پورا اچٹھا کھول کر رکھ دیا۔ کیا مجال جو کوئی شخص اس کے حساب میں غلطی

نکال سکے۔

قاعدہ ہے کہ روپیہ باہر سے آنے والا ہو یا بندھی ہوئی تنخواہ ہو تو انسان خواہ مخواہ اپنا خرچ بڑھالیتا ہے یا اس کے بھروسے پر قرض لے لیتا ہے۔ ان میں سے دو حجام، ایک استاد اور ایک اسی امید پر محلے کے بعد دکانداروں کے مقروض ہوگئے۔ قرض خواہ کے تقاضوں کا ڈر تو تھا ہی۔ آئندہ قرض کا دروازہ بند ہو جانے کا بھی احتمال تھا۔

اس روز رات کو جب وہ دکان بڑھانے لگے تو حد درجہ دل شکستہ اور مایوس نظر آتے تھے۔ سب سے زیادہ مسکین پن منشی کے چہرے سے ٹپک رہا تھا۔ ہر چند اس کی کوئی تنخواہ مقرر نہ تھی پھر بھی اپنے آقاؤں کی اس مصیبت میں وہ برابر کا شریک نظر آتا تھا۔ وہ آہستہ آہستہ قدم اٹھاتا ان کے قریب آیا اور درد میں ڈوبی ہوئی آواز میں جھجک جھجک کر کہنے لگا:

"آپ لوگوں نے میرے ساتھ جو بھلائی کی ہے میں عمر بھر اسے نہیں بھول سکتا، آج آپ کو پریشان دیکھ کر میرا دل بے حد کڑھا ہے۔ اب میں آپ کو سچی بات بتاتا ہوں۔ وہ بات یہ ہے کہ جب میں اپنے وطن میں بنئے کے ہاں نوکر تھا تو ہر مہینے تنگی ترشی کر کے اپنی تنخواہ میں سے کچھ روپے بچالیا کرتا تھا۔ چند مہینوں میں خاصی پونجی جمع ہوگئی، وطن سے چلتے وقت ساتھ لیتا آیا اور یہاں ڈاک خانے میں جمع کرادی تاکہ آڑے وقت میرے کام آئے۔۔۔ مگر اب آپ کو پریشان دیکھ کر دل نے گوارا نہ کیا کہ میرے پاس روپیہ ہو اور میں اسے اپنے بھائیوں سے چھپائے رکھوں۔۔۔ اگر آپ کہیں تو کل میں ڈاک خانے سے اپنا روپیہ نکال لاؤں۔ آپ اسے کام میں لائیے۔ جب دکان کی آمدنی بڑھ جائے تو مجھے لوٹا دینا میں کوئی نفع نہیں لوں گا۔"

"تمہارے پاس کتنے روپے ہیں؟" حجاموں نے پوچھا۔ کچھ تامل کے بعد منشی نے

دھیرے سے کہا: "سوروپے!" دوسرے دن منشی ڈاک خانے سے سوروپے نکال لایا۔ اور ان سے الگ الگ رسید لے کر وہ رقم ان میں تقسیم کر دی۔ اس طرح ان کی پریشانیاں کسی قدر دور ہو گئیں مگر اگلے مہینے دکان میں اس سے بھی کم آمدنی ہوئی۔ اب تو یہ لوگ بہت ہی گھبرائے۔ منشی نے بڑی چھان بین کے بعد آمدنی کے کم ہونے کی یہ وجہ دریافت کی کہ چونکہ چوک کے دوسرے ہیئر کٹنگ سیلونوں نے بھی ان کی دیکھا دیکھی یا مندے کی وجہ سے اپنے ہاں کی اجرتیں کم کر دیں ہیں، اس لیے وہ گاہک جو محض کفایت کے خیال سے ان کے ہاں لپک آئے تھے۔ اب ان سب سیلونوں میں بٹ گئے ہیں۔

ان لوگوں نے منشی کی بات کا کچھ یقین کیا کچھ نہ کیا۔ بہر حال وہ اس سے زیادہ اور کر بھی کیا سکتے تھے۔ چونکہ منشی اب کے اپنے بھائی سے سوروپے قرض لے آیا تھا۔ اس لیے ان لوگوں کو زیادہ پریشانی نہ اٹھانی پڑی۔ تیسرے مہینے صورت حال کچھ سدھر گئی اور انہوں نے کسی قدر اطمینان کا سانس لیا۔ مگر چوتھے مہینے آمدنی ایک دم پھر کم ہو گئی اس پر ستم یہ ہوا کہ اس دفعہ منشی نے ان کی امداد کرنے سے باکل معذوری ظاہر کر دی۔ اس نے کہا: "بھائیو۔ اگر میرے پاس روپیہ ہوتا یا میں کہیں سے لا سکتا تو میں آپ کے قدموں میں نچھاور کر دیتا۔ لیکن میرے پاس جو کچھ تھا میں پہلے ہی آپ کی نذر کر چکا ہوں۔"

اس روز تو انہوں نے زیادہ اصرار نہ کیا مگر دوسرے دن صبح ہوتے ہی چاروں نے منشی کو آ گھیرا۔ جب ان کی خوشامدوں اور التجاؤں کی حد نہ رہی تو منشی نے کہا، "اچھا بھائیو شام تک صبر کرو۔"

شام ہوئی تو وہ چاروں حجاموں سے یوں مخاطب ہوا، "صاحبو۔ مجھے ایسا معلوم ہوتا ہے کہ اس دکان کی حالت کبھی نہیں سدھرے گی۔ اس کی وجہ یہ ہے کہ آپ لوگوں نے اپنی اپنی جو تنخواہیں مقرر کر رکھی ہیں، آمدنی سے کہیں زیادہ ہیں۔ اگر آپ چاہتے ہیں کہ

دکان چلے اور آپ کی پریشانیاں دور ہوں تو سب سے پہلے آپ اپنی اصلاح کیجیے۔ میرا مطلب یہ ہے کہ آپ سب اپنے اپنے اخراجات کو کم کیجیے۔ اور دوسرے یہ کہ آپ اپنی اتنی ہی تنخواہیں مقرر کیجیے جتنی عام طور پر اس قسم کے سیلونوں میں ملازموں کو دی جاتی ہیں۔ اگر آپ میری تجویز کی ہوئی تنخواہ منظور کر لیں تو میں آپ کو یقین دلاتا ہوں بلکہ اس بات کا ٹھیکہ لیتا ہوں کہ ہر مہینے آپ کو پوری تنخواہ ملا کریگی۔ میں تو یہاں تک کہتا ہوں کہ اگر آپ میرے کہنے پر چلیں تو آپ کو ہر مہینے کی پہلی کو پیشگی ہی تنخواہ مل جایا کرے گی۔ یہ روپیہ کہاں سے آئے گا اس سے آپ کو مطلب نہیں۔ چاہے میں چوری کروں، ڈاکہ ڈالوں مگر آپ کو تنخواہ پیشگی ہی ملتی رہے گی۔ آپ نے میرے ساتھ ایسی بھلائی کی ہے کہ میں عمر بھر بھول نہیں سکتا۔ اور بھائیو اگر آپ کو یہ شرط منظور نہ ہو تو آپ جانیں اور آپ کا کام۔ میں آپ کے لیے روپے کا بندوبست نہیں کر سکتا۔"

چند لمحے خاموشی رہی۔ اس کے بعد استاد نے منشی سے پوچھا، "اچھا بتاؤ تو تم ہماری کیا تنخواہیں مقرر کرتے ہو؟"

منشی نے جواب دیا، "گستاخی معاف، میں زیادہ سے زیادہ آپ کو اسی روپے دے سکتا ہوں۔ دوسرے نمبر والے کو ساٹھ، تیسرے کو پچاس اور چوتھے کو چالیس۔ اگر آپ لوگ یہ تنخواہیں منظور کر لیں تو میں ابھی جا کر، چاہے مجھے دگنے تگنے سود پر قرض ہی لینا پڑے آپ سب کے لیے دو سو تیس روپے بطور پیشگی تنخواہ کے لے آتا ہوں۔ اور وعدہ کرتا ہوں کہ ہر مہینے اسی طرح آپ کو پیشگی تنخواہ ملا کرے گی۔ یاد رکھو میرے دوستوں یہ تنخواہیں کسی بڑے ہیر کٹنگ سیلون کے ملازموں کی تنخواہوں سے کم نہیں ہیں۔ آپ لوگ جا کر خود دریافت کر سکتے ہیں۔ البتہ اپنے ملازموں کو پیشگی تنخواہیں دینا صرف اسی سیلون کی خصوصیت ہو گی۔"

منشی کی یہ تقریر سن کر چاروں حجام گم سم سے رہ گئے۔ اور کسی نے اس کی بات کا جواب نہ دیا مگر یہ خاموشی بڑی صبر آزما تھی۔ انہوں نے بے بسی سے ایک دوسرے کی طرف دیکھا اور پھر گردنیں جھکالیں۔

***

سمے کا بندھن

ممتاز مفتی

آپی کہا کرتی تھی، "سنہرے سمے سمے کی بات ہوتی ہے۔ ہر سمے کا اپنا رنگ، اپنا اثر ہوتا ہے۔ اپنا سمے پہچان، سنہرے۔ اپنے سمے سے باہر نہ نکل۔ جو نکلی تو بھٹک جائے گی۔"

اب سمجھ میں آئی آپی کی بات۔ جب سمجھ لیتی تو رستے سے نہ بھٹکتی، آلنے سے نہ گرتی۔ سمجھ تو گئی۔ پر کتنی دیر پڑی سمجھن کی۔ آپی مجھے سنہرے کہہ کر بلایا کرتی تھیں۔ کہتی تھیں "تیرے پنڈے کی جھال سنہری ہے۔ جب رس آئے گا تو سونا بن جائے گی، کٹھالی میں پڑے بنا۔ پھر یہ جھال کپڑوں سی نکل نکل کر جھانکے گی۔"

پتا نہیں میرا نام کیا تھا۔ پتا نہیں میں کس کی تھی، کہاں سے آئی تھی۔ کوئی لایا تھا۔ بالپن ہی میں آپی کے ہاتھ بیچ گیا تھا۔ اِسی کی گود میں پلی، اِسی کی سر تال بھری بیٹھک کے جھولنے میں جھول جھول کر جوان ہوئی۔ پھر سنہرا امڈ امڈ آیا۔ چھپائے نہ چھپتا تھا۔ آپی بولی نہ دھیے، چھپانہ۔ جو چھپائے نہ چھپے اِسے کیا چھپانا۔"

کبھی کھڑکی سے جھانکتی تو آپی ٹوکتی "یہ کیا کر رہی ہے بیٹی؟ سیانے کہتے ہیں جس کا کام اسی کو ساجھے۔ تیرا کام نہیں۔ دکھنا ہے تو نظر نہ بن، منظر بن۔ اور جو دیکھے بھی تو تو دکھنے کا گھونگھٹ نکال۔ اِس کی اوٹ سے دیکھ، پھر سمے دیکھ سنہرے۔ ابھی تو شام ہے۔ یہ سمے تو اداسی کا سمے ہے۔ دکھ کا سمے ہے۔ شام بھئی گھن نہ آئے۔" آپی گنگنانے لگی "یاد

ہے نا یہ بول؟ شام تو نہ آنے کا سمے ہے۔ تیرا آنے کا سمے ہے۔ پگلی ذرا رک جا۔ اندھیرا گاڑھا ہونے دے۔ پھر تیرا ہی سمے ہو گا، پچھلے پہر تک۔"

ایک دن آپی کا جی اچھا نہ تھا۔ مجھے بلایا، گئی۔ لیٹی ہوئی تھی۔ سرہانے تپائی پر سوڈے کی بوتل دھری تھی۔ ساتھ نمک دانی تھی۔ یہ ان دِنوں کی بات ہے جب سوڈے کی بوتل کے گلے میں شیشے کا گولا پھنسا ہوتا تھا، ٹھاکر کے کھلتا تھا۔

بولی "سنہرے، بوتل کھول گلاس میں ڈال۔ چٹکی بھر نمک گھول اور مجھے پلا دے۔" میں نے نمک ڈالا تو جھاگ اٹھا، بلبلے ہی بلبلے۔ آپی نے میرا ہاتھ پکڑ لیا۔ بولی "دیکھ لڑکی، یہ ہمارا سمے ہے۔ ہمارا سمے وہ ہے جب جھاگ اٹھے۔ ہم میں نہیں، دوجے میں اٹھے۔ دوجے میں جھاگ اٹھانا یہی ہمارا کام ہے۔ خود شانت، دوجا بلبلے ہی بلبلے۔ جب تک جھاگ اٹھتا رہے گا، ہمارے سمے۔ جب دوجا شانت ہو جائے، سمجھ لے ہمارے سمے بیت گیا اور جب سمے بیت جائے دھیرج پاں دھرنا۔ ٹھمک نہ کرنا۔ ٹھمک کا سمے گیا۔ چمک نہ مارنا، چمک کا سمے گیا۔ پائل نہ جھنکارنا، پائل کی جھنکار بیرن بھئی۔"

پھر وہ لیٹ گئی اور بولی "سنہرے، میری باتیں پھینک نہ دینا، دل میں رکھنا۔ یہ بھیتر کی باتیں ہیں، اوپر کی نہیں، سنی سنائی نہیں، پڑھی پڑھائی نہیں۔ وہ سب چھلکے ہوتی ہیں، بادام نہیں ہوتیں۔ جان لے بیٹی بات وہ جو بھیتر کی ہو۔ گری ہو، چھلکا نہ ہوا۔ جو بیتی ہو، جگ بیتی نہیں۔ آپ بیتی ہو، ہڈ بیتی۔ باقی سب جھوٹ، دِکھلاوا بہلاوا۔"

آج مجھے باتیں یاد آ رہی ہیں۔ بیتی باتیں۔ بسری باتیں۔ سانپ گزر گئے، لکیریں رہ گئیں، لکیریں ہی لکیریں۔ سانپ تو صرف ڈراتے ہیں، پھنکارتے ہیں۔ لکیریں کاٹتی ہیں، ڈستی ہیں۔ پتا نہیں ایسا کیوں ہوتا ہے۔ لکیروں نے مجھے چھلنی کر رکھا ہے۔ چلتی ہیں، چلے جاتی ہیں جیسے دھار چلتی ہے۔ ایک ختم ہوتی ہے دوجی شروع ہو جاتی ہے۔

آپی کی بیٹھک میں ہم تین تھیں۔ پیلی، روپا اور میں۔ پیلی بڑی، روپا منجھلی اور میں چھوٹی۔ پیلی میں بڑی آن تھی، پر مان نہ تھا۔ اس آن میں چھب تھی۔ سندرتا بھرا اٹھرا تھا۔ یوں رعب سے بھری رہتی جیسے مٹیار رس سے بھری رہتی ہے۔ گردن اٹھتی رہتی، مورتی سمان۔

روپا سر ہی سر تھی۔ شدھ سر۔ تاروں سے بنی تھی۔ اس کے بند بند میں تار لگے تھے۔ سرتیاں سمرتیاں اور وہ گونجنے مدھم میں گونجتے اور پھر سننے والوں کے دلوں کو جھلا دیتے تیجی میں تھی۔ آپی کہتی تھی "سنہرے، تجھ میں دکھ کی بھیگ ہے۔ تو بھگو دیتی ہے۔ خود بھی ڈوب جاتی ہے، دوجے کو بھی ڈبو دیتی ہے پگلی دوجے کو ڈبویا کر، خود نہ ڈوبا کر۔ مجھے تجھ سے ڈر آتا ہے سنہرے۔ کسی دن تو ہم سب کو نہ لے ڈوبے۔"

آپی کی بیٹھک کوئی عام بیٹھک نہ تھی کہ جس کا جی چاہا منہ اٹھایا اور چلا آیا۔ بیٹھک پر دھن دولت کا زور تو چلتا ہی ہے۔ وہ تو چلے گا ہی ہر بیٹھک پر۔ پر آپی نے برتا کا ایسا رنگ چلا رکھا تھا کہ خالی دھن دولت کا زور نہ چلتا تھا۔ نو دولیتے آتے تھے پر ایسے بدمزہ ہو کر جاتے کہ پھر رخ نہ کرتے۔ آپی کی بیٹھک میں نگاہیں نہیں چلتی تھیں۔ اس نے ہمیں سمجھا رکھا تھا کہ لوگ نگاہوں پر اچھالیں گے تو پڑے اچھالیں۔ لڑکیو تم نہ اچھلنا۔ جو نگاہوں پر اچھل جاتی ہیں وہ منہ کے بل گرتی ہیں اور جو گر گئی وہ سمجھ لو، نظروں سے گر گئی۔ پھر نہ اپنے جوگی رہی نہ دوسروں جوگی۔

آپی کی بیٹھک میں نظریں نہیں چلتی تھیں۔ کان لگے رہتے تھے۔ دل دھڑکتے تھے۔ وہاں ملاپ کا رنگ نہ ہوتا تھا۔ برہا کا ہوتا۔ رنگ رلیاں نہیں ہوتی تھیں، نہ وہاں تماشا ہوتا نہ تماش بین۔ مجھے وہ دِن یاد آتے ہیں جب ہمارے ہاں ٹھاکر کی بیٹھک لگتی تھی۔ دو مہینے میں ایک بار ضرور لگتی تھی۔ ٹھاکر کی بیٹھک لگتی تو کوئی دوجا نہیں آسکتا تھا۔

صرف ٹھاکر کے سنگی ساتھی۔

ٹھاکر بھی تو عجب تھا۔ اوپر سے دیکھو تو ریچھ۔ طاقت سے بھرا ہوا۔ اندر جھانکو تو بچہ۔ نرم نرم، گرم گرم، ویسے تھا آن بھرا مان بھرا۔ سنگیت کا رسیا۔ یوں لگتا جیسے بھیتر کوئی لگن لگی ہو۔ دھونی رمی ہو، آرتی سجی ہو۔

ٹھاکر کی ہمارے ہاں بڑی قدر تھی۔ آپی عزت کرتی تھی، بھروسا کرتی تھی۔ ٹھاکر نے بھی کبھی نظر اچھالی نہ تھی۔ جھکائے رکھتا۔ پیتا ضرور تھا، پر ایسی کہ جوں جوں پیتا جاتا الٹا مدھم پڑتا جاتا۔ آنکھ کی چمک گل ہو جاتی۔ آواز کی کڑک بھیگ جاتی۔ اس کا نشہ ہی انوکھا تھا۔ جیسے بوتل کا نہ ہو۔ بھیتر کا ہو۔ بوتل اِک بہانہ۔ بوتل چابی ہو بھیتر کے پٹ کھولنے کی۔

ڈرو سکھو ڈرو بھیتر کے نشے سے ڈرو۔ بھیتر کے نشے کے سامنے بوتل کا نشہ یوں ہاتھ جوڑے کھڑا ہے جیسے راجہ کے روبرو پنچ کھڑا ہو۔ بوتل کا تو خالی سر چکراتا ہے۔ بھیتر کا من کا جھولنا جھلا دیتا ہے۔ ڈرو سکھیو ڈرو بھیتر کے نشے سے ڈرو، بوتل کا تو کام کاج جوگا نہیں چھوڑتا۔ بھیتر کا کسی جوگا نہیں چھوڑتا۔ خود جوگا بھی نہیں۔ مجھے کیا پتا تھا کہ ٹھاکر کے نشے کا ریلا مجھے بھی لے ڈوبے گا۔

ہاں تو اس روز ٹھاکر کی بیٹھک ہو رہی تھی۔ بول تھے "گانٹھری میں کون جتن کر کھولوں۔ مورے پیا کے جیا میں پڑی رہی۔" گیت نے کچھ ایسا سماں باندھ رکھا تھا کہ ٹھاکر جھوم جھوم جا رہا تھا۔ پھر کہو، پھر بولو کا جاپ کیے جا رہا تھا۔ نہ جانے کس گرہ کو کھولن کی آرزو جاگی تھی۔ اپنے من یا محبوب کی من کی۔ سمے بیتا جا رہا تھا۔ سمے کی سدھ بدھ نہ رہی تھی۔ کبھی کبھی ایسا بھی ہوتا ہے۔ سمے جیون سے نکل جاتا ہے کہ کون ہیں، کیا کر رہے ہیں۔ کسی بات کی سدھ بدھ نہیں رہتی۔ اِس روز وہ سمے ایسا ہی سمے تھا۔

دفعتاً گھڑی نے تین بجائے۔ آپی ہاتھ جوڑے اٹھ بیٹھی۔ بولی "شما کرو ٹھاکر جی۔ معافی مانگتی ہوں۔ ہمارا سمے بیت گیا۔ اب بیٹھک ختم کرو۔"

ٹھاکر پہلے تو چونکا پھر مسکایا "نہ آپی، ابھی تو رات بھیگی ہے۔" آپی بولی "ٹھاکر ہم سوکھے پروں والے پنچھی ہیں۔ جب رات بھیگ جاتی ہے تو ہمارا سمے بیت جاتا ہے۔ جو ہمارے پر بھیگ گئے تو اڈاری نہ رہے گی۔ فنکار میں اڈاری نہ رہے تو باقی رہا کیا؟" ٹھاکر نے بڑی منتیں کیں، آپی نہ مانی۔

محفل ٹوٹ گئی تو ہم تینوں آپی کے گرد ہو گئیں۔ "آپی یہ سمے کا گورکھ دھند کیا ہے؟" آپی بولی "لڑکیو! سمے بڑی چیز ہے، ہر کام کا الگ سمے بنا ہے۔ رات کو گا، بجا، پیو پلا، ملو ملا، موج اڑا۔ بس تین بجے تک۔ پھر بھور سمے اس کا سمے ہے۔ اس کا نام جپو۔ اِسے پکارو، فریاد کرو، دعائیں مانگو، سجدے کرو۔ اِس سمے میں تم عیش نہیں کر سکتے، گناہ نہیں کر سکتے، قتل نہیں کر سکتے۔ یہ دھندا جو ہمارا ہے اِس کے سمے میں نہیں چل سکتا۔ اِس کے سمے میں پاں نہ دھرنا۔ اس نے برا مانا تو ماری جاگی۔ جو وہ راضی ہو گیا تو بھی ماری جاگی اور دیکھو اس کے سمے کے نیڑے نیڑے بھی ایسا گیت نہ گانا جو اسے پکارے۔ بھجن نہ چھیڑنا۔ ڈرو کہیں وہ تمہاری پکار سن کر ہنکارا نہ بھر دے۔"

پھر وہ دن آ گیا جب میں نے انجانے میں سمے کا بندھن توڑ دیا۔ اس روز ٹھاکر آئے۔ آپی سے بولے "بائی کل خواجہ کا دن ہے۔ خواجہ کی نیاز سارے گاؤں کو کھلاں گا۔ آج رات خواجہ کی محفل ہو گی ادھر حویلی میں۔ صرف اپنے ہوں گے، گھر کے لوگ۔ تجھے لینے آیا ہوں، چل میرے ساتھ میرے گاؤں۔

آپی سوچ میں پڑ گئی اور بولی "روپا ماندی ہے، وہ تو نہیں جا سکے گی، کسی اور دن رکھ لیتا نذر نیاز۔"

"خواجہ کا دن میں کیسے بدلوں؟" وہ بولا۔

"تو کسی اور منڈلی کو لے جا۔"

"اونہوں!" ٹھاکر نے منہ بنا لیا۔ خواجہ کی بات نہ ہوتی تو لے جاتا ان کے نام لینے کے لائق مکھ تو ہو۔

"میں کس لائق ہوں جو ان کا نام منہ پر لگاؤں۔"

"بس اک تیری ہی بیٹھک ہے بائی جہاں پوتر تا ہے۔ جہاں جسم کا نہیں من کا ٹھکانا ہے۔"

آپی مجبور ہو گئی۔ اس نے روپا کا دھیان رکھنے کے لیے پیلی کو وہاں چھوڑا اور مجھے لے کر ٹھاکر کے گاں چلی گئی۔

رات بھر وہاں حویلی میں خواجہ کی محفل لگی۔ وہ تو گھریلو محفل تھی۔ ٹھاکر کی بہنیں، بہوئیں، بیٹیاں، ٹھاکرانی سب بیٹھے تھے۔ وہ تو سمجھ لو بھجن منڈلی تھی اور خواجہ کے گیت "خواجہ میں تو آن کھڑی تورے دوار" سے شروع ہوئی تھی۔

آدھی رات کے سمے محفل اِتنی بھیگی کہ سب کی آنکھیں بھر آئیں، دِل ڈوبے۔ آپی کا ڈوب ہی گیا۔ ٹھاکر اِسے محفل سے اٹھا کر اندر لے گیا۔ شربت شیر اپلانے کو۔ پھر وہیں لٹا دیا۔

پھر خواجہ کے گیت چلے تو میں بھی بھیگ گئی۔ آنکھیں بھر بھر آئیں۔ میں حیران، میں تو کچھ مانگ نہیں رہی۔ میں تو التجا نہیں کر رہی۔ میں تو اِک تاجر ہوں۔ پیسہ کمانے کے لیے آئی ہوں۔ میری آنکھیں کیوں بھر بھر آئیں خواہ مخواہ۔ سو میں بنا سوچے سمجھے گائے چلی گئی۔ آنکھیں بھر بھر آتی رہیں۔ دل کو کچھ کچھ ہوتا رہا، پر میں بھیگ بھیگ کر گاتی گئی۔ سمے بیت گیا اور مجھے دھیان ہی نہ آیا کہ میں ان کے سمے میں پاؤں دھر چکی ہوں۔ آپی

تھی نہیں جو مجھے ٹوکتی۔

اور مجھے کیا پتا تھا کہ خواجہ کون ہے۔ میں نے تو صرف نام سن رکھا ہے۔ اس کے گیت یاد کر رکھے تھے۔ میں صرف یہ جانتی تھی کہ وہ غریب نواز ہے۔ میں تو غریب نہ تھی۔ مجھے کیا پتا کہ مجھے بھی نواز دے گا خواہ مخواہ زبردستی۔ مجھے کیا پتا تھا کہ اِس میں اِتنی بھی سدھ بدھ نہیں کہ کون پکار رہا ہے، کون گا رہا ہے، کون منگتا ہے، کون خالی جھولی پھیلا رہا ہے۔ کون جھولی سمیٹ رہا ہے۔ میں تو یہی سنتی آئی تھی کہ دکھی لوگ پکار پکار کر ہار جاتے ہیں، پر کوئی سنتا نہیں۔ مجھے کیا پتا تھا کہ اتنا دیالو ہے، اِتنا نیڑے ہے، اِتنے کان کھڑے رکھتا ہے۔

پھر ٹھاکر بولا "سنہری بائی، بس اِک آخری فرمائش۔ خواجہ پیا موری رنگ دے چنریا۔ ایسی بھی رنگ دے رنگ نہ چھوٹے۔ دھوبیا دھوئے جائے ساری عمریا۔"

پھر مجھے سدھ بدھ نہ رہی۔ ایسی رنگ پچکاری چلی کہ میں بھیگ بھیگ گئی اور میں ہیں نہیں ساری محفل رنگ رنگ ہو گئی۔ انگ انگ بھیگا۔ خواجہ نے رنگ گھاٹ بنا دیا۔

گھر پہنچی تو گویا میں، میں نہ تھی۔ دِل رویا رویا، دھیان کھویا کھویا۔ کسی بات میں چت نہ لگتا۔ بیٹھک بیگانہ دِکھتی۔ ساز میں طرب نہ رہا۔ سارنگی روئے جاتی۔ استاد نکو خاں بجاتے پر وہ روئے جاتی۔ طبلہ سر پیٹتا، گھنگھرو کہتے پاں میں ڈال اور بن کو نکل جا۔ وہاں اِس کا جھومر ناچ جو پتے پتے ڈال ڈال سے جھانک رہا ہے۔

روز دن میں تین چار بار ایسی رقت طاری ہوتی کہ بھیں بھیں کر روتی۔ پھر حال کھیلنے لگتی۔ پہلی حیران، روپا کا منہ کھلا، آپی چپ۔ یہ کیا ہو رہا ہے جب آٹھ دِن یہی حالت رہی بلکہ اور بگڑ گئی تو آپی بولی بس پتر، تیرا اِس بیٹھک سے بندھن ٹوٹ گیا۔ دانا پانی ختم ہو گیا۔ تو نے اِس کے سمے میں پاؤں دھر دیا۔ اس نے تجھے رنگ دیا۔ اب تو اِس دھندے جوگی نہ

رہی۔

"پر کہاں جاؤں آپی؟ اِس بیٹھک سے باہر پاؤں دھرنے کی کوئی جگہ بھی ہو میرے لیے۔"

"جس نے بلایا ہے اِس کے دربار میں جا۔" روپا بولی۔

"اِس بھیڑ میں جائے۔" آپی بولی "یہ لڑکی جائے جس کا سنہری پنڈا کپڑوں سے باہر جھانکتا ہے۔ نہیں یہ کہیں نہیں جائے گی۔ اِسی کوٹھڑی میں رہے گی، بیٹھک میں پاؤں نہیں دھرے گی۔"

"پھر پتا نہیں کیا ہوا۔ رقت ختم ہوگئی۔ دل میں ایک جنون اٹھا کہ کسی کی ہو جاں، کسی ایک کی۔ تن من دھن سے اسی کی ہو جاں۔ ہو رہوں۔ وہ آئے تو اس کے جوتے اتاروں، پنکھا کروں، پاؤں دابوں، سر میں تیل مالش کروں، اس کے لیے پکاؤں، میز لگاؤں، برتن رکھوں، اس کی بنیانیں دھوؤں، کپڑے اِستری کروں، آرسی کا کول بناؤں پھر سرہانے کھڑی رہوں کہ کب جاگے، کب پانی مانگے۔

ایک دن آپی بولی "اب کیا حال ہے دھیے؟" میں نے رو رو کر ساری بات کہہ دی کہ کہتے ہیں کسی ایک کی ہو جا۔

"بولی وہ کون ہے؟ کوئی نظر میں ہے کیا؟""

"اونہوں کوئی نظر میں نہیں۔"

"ناک نقشہ دِکھتا ہے کبھی۔"

"نہیں آپی۔"

"کوئی بات نہیں" وہ بولی "جو کھونٹی پر لٹکانا مقصود ہے تو آپ کھونٹی بھیجے گا۔"

دس ایک دن بعد جب بیٹھک راگ رنگ سے بھری ہوئی تھی تو میری کوٹھڑی کا

دروازہ بجا۔ آپی داخل ہوئی۔ "خواجہ نے کھونٹی بھیج دی۔ اب بول کیا کہتی ہے؟"

"کون ہے؟" میں نے پوچھا۔

"کوئی زمیندار ہے، ادھیڑ عمر کا۔ کہتا ہے بس ایک بار بیٹھک میں آیا اور سنہری بائی کو سنا تھا۔ جب سے اب تک اس کی آواز کانوں میں گونجتی ہے۔ دل کو بہت سمجھایا۔ توجہ ہٹانے کے بہت جتن کیے، کوئی پیش نہیں گئی۔ اب ہار کے تیرے در پر آیا ہوں۔ بول تو کیا کہتی ہے؟ منہ مانگا انعام دوں گا۔"

میں نے کہا "دے دے۔ سال کے لیے بخش دے، جیسے تیری مرضی۔" آپی ہنسنے لگی۔ پھر بولی چل بیٹھک میں اِسے دیکھ لے ایک نظر۔

"اونہوں۔" میں نے سر ہلا دیا۔

"نہیں آپی، انہوں نے بھیجا ہے تو ٹھیک ہے۔ دیکھنے کا مطلب؟"

"کتنی دیر کے لیے مانوں؟"

"جیون بھر کے لیے۔"

"سوچ لے، جو اوباش نکلا تو؟"

"پڑا نکلے۔ کیسا بھی ہے، جیسا بھی نکلے۔"

اگلے دن بیٹھک میں ہمارا نکاح ہو گیا۔ زمیندار نے پیسے کا ڈھیر لگا دیا۔ آپی نے رو کر لوٹا دیا۔

بولی "سودا نہیں کر رہی، اپنی دھی وداع کر رہی ہوں اور یاد رکھ! یہ خواجہ کی امانت ہے، سنبھال کر رکھیو۔"

حویلی یوں اجڑی تھی جیسے دیو پھر گیا ہو۔

ویسے تو سبھی کچھ تھا۔ ساز و سامان، آرائش، قالین، صوفے، قد آدم آئینے، جھاڑ

فانوس سبھی کچھ۔ پھر بھی حویلی بھائیں بھائیں کر رہی تھی۔

برآمدے میں آرام کرسی پر چھوٹی چودھرانی بیٹھی ہوئی تھی۔ سامنے تپائی پر چائے کے برتن پڑے تھے، مگر اِسے خبر ہی نہ تھی کہ چائے ٹھنڈی ہو چکی ہے۔ اِسے تو خود کی سدھ بدھ نہ تھی کہ کون ہے، کہاں ہے، کیوں ہے۔

اوپر سے شام آرہی تھی۔ سمے کو سمے ٹکراتی۔ اداسیوں کے جھنڈے گاڑتی۔ یادوں کے دیے جلاتی۔ بیتی باتوں کے الاپ گنگناتی۔ دبے پاں، مدھم، یوں جیسے پائل کی جھنکار بیرنیا ہو۔

دور، اپنے کوارٹر کے باہر کھاٹ پر بیٹھے ہوئے چوکیدار کی نگاہیں چھوٹی چودھرانی پر جمی ہوئی تھیں۔ حقے کا سوٹا لگتا اور پھر سے چھوٹی چودھرانی کو دیکھنے لگتا۔ یوں جیسے اِسے دیکھ دیکھ کر دکھی ہوا جا رہا ہو۔

دوسری جانب گھاس کے پلاٹ کے کونے پر بوڑھا مالی پودوں کی تراش خراش میں لگا تھا۔ ہر دو گھڑی بعد سر اٹھاتا اور چھوٹی چودھرانی کی طرف ٹکٹکی باندھ کر بیٹھ جاتا۔ پھر چونک کو لمبی ٹھنڈی سانس بھرتا اور پھر سے کانٹ چھانٹ میں لگ جاتا۔

جنت بی بی، جو چھوٹی چودھرانی کا کھانا پکاتی تھی، دو تین بار برآمدے کے پرلے کنارے پر کھڑی ہو کر اِسے دیکھ گئی تھی۔ جب دیکھتی تو اِس کی آنکھیں بھیگ بھیگ جاتی تھیں۔ پلو سے پونچھتی پھر لوٹ جاتی۔

سارے نوکر کمین چھوٹی چودھرانی پر جان چھڑکتے تھے۔ اِس کے غم میں گھلے جا رہے تھے لیکن ساتھ ہی وہ اِس پر سخت ناراض بھی تھی۔ اِس نے اپنے دونوں پاؤں پر کلہاڑی کیوں ماری تھی؟ کیوں خود کو دوجوں کا محتاج بنا لیا تھا؟ کیوں! اپنی اولاد ہوتی تو پھر بھی سہارا ہوتا۔ اپنی اولاد تو تھی نہیں۔

جب چودھری مرنے سے پہلے بقائمی ہوش و حواس اپنی آدھی غیر منقولہ جائیداد چھوٹی چودھرانی کے نام کر گیا تھا تو اِسے کیا حق تھا کہ اپنا تمام تر حصہ بڑی چودھرانی کے دونوں بیٹوں میں تقسیم کر دے۔ اگر ایک دن بڑی چودھرانی نے اِسے حویلی سے نکال باہر کیا تو وہ کیا کرے گی؟ کس کا در دیکھے گی۔

ایک طرف تو اِتنی بے نیازی کہ اِتنی بڑی جائیداد اپنے ہاتھ سے بانٹ دی اور دوسری طرف یوں سوچوں میں گم تصویر بن کر بیٹھی رہتی ہے۔ سارے ہی نوکر حیران تھے کہ چھوٹی چودھرانی کس سوچ میں کھوئی رہتی ہے۔ چودھری کو مرے ہوئے تین ماہ ہو گئے تھے۔ جب سے یونہی حواس گم قیاس گم بیٹھی رہتی ہے اور پھر ٹوٹتی رات سمے اِس کے کمرے سے گنگنانے کی آواز کیوں آتی ہے؟ کس خواجہ پیا کو بلاتی ہے؟ خواجہ پیا موری لیجو خبریا۔ کون خبر لے؟ کیسی خبر لے؟ چھوٹی چودھرانی پر انہیں پیار ضرور آتا تھا پر اِس کی باتیں سمجھ میں نہیں آتی تھیں۔ پتا نہیں چلتا تھا کہ کس سوچ میں پڑی رہتی ہے۔

چھوٹی چودھرانی کو صرف ایک سوچ لگی تھی۔ اندر سے ایک آواز اٹھتی۔ بول تیرا جیون کس کام آیا؟ وہ سوچ سوچ ہار جاتی پر اِس سوال کا جواب ذہن میں نہ آتا۔ الجھے الجھے خیال الجھاتے۔ مجھے چمن سے اکھیڑا۔ بیل بنا کر اِک درخت کے گرد گھما دیا اور اب اِس درخت کو اکھیڑ پھینکا۔ بیل مٹی میں مل گئی۔ اب یہ کس کے گرد گھومے؟ بول میرا جیون کس کام آیا؟

دفعتاً اِس نے محسوس کیا کہ کوئی اس کے روبرو کھڑا ہے۔ سامنے گاؤں کا پٹواری کھڑا تھا۔

"کیا ہے؟" وہ بولی۔

"میں ہوں پٹواری، چھوٹی چودھرانی جی۔"

"تو جا، جا کر بڑی چودھرانی سے مل، مجھ سے تیرا کیا کام؟"

"آپ ہی سے کام ہے۔" وہ بولا۔

"تو بول کیا کہتا ہے؟"

"گاؤں میں دو درویش آئے ہیں۔ گاؤں والے چاہتے ہیں انہیں چند دن یہاں روکا جائے۔ جو آپ اِجازت دیں تو آپ کے مہمان خانے میں ٹھہرا دیں۔"

"ٹھہرا دو۔" وہ بولی۔

"نوکر چاکر، بندوبست۔" وہ رک گیا۔

"سب ہو جائے گا۔"

پٹواری سلام کر کے جانے لگا تو پتا نہیں کیوں اس نے سرسری طور پر پوچھا "کہاں سے آئے ہیں۔"

پٹواری بولا "اجمیر شریف سے آئے ہیں۔ خواجہ غریب نواز کے فقیر ہیں۔" اِک دھماکا ہوا۔ چھوٹی چودھرانی کی بوٹیاں ہوا میں اچھلیں۔

اگلی شام چھوٹی چودھرانی نے جنت بی بی سے پوچھا "جنت، یہ جو درویش ٹھہرے ہوئے ہیں، ان کے پاس گاؤں والے آتے ہیں کیا؟"

جنت بولی "لو چھوٹی چودھرانی، وہاں تو سارا ان لوگوں کا تانتا لگا رہتا ہے۔ بڑے پہنچے ہوئے ہیں، جو منہ میں سے کہتے ہیں، ہو جاتا ہے۔"

"تو تیار ہو جا جنت، ہم بھی جائیں گے۔ تو اور میں۔"

"چودھرانی جی وہ مغرب کے بعد کسی سے نہیں ملتے۔"

"تو چل تو سہی۔" چودھرانی نے خود کو چادر میں لپیٹتے ہوئے کہا "اور دیکھ وہاں مجھے چودھرانی کہہ کر نہ بلانا۔ خبردار!"

جب وہ مہمان خانے پہنچیں تو دروازہ بند تھا۔ جنت نے دروازہ کھٹکھٹایا۔ "کون ہے؟" اندر سے آواز آئی۔ جنت نے پھر دستک دی۔ سفید ریش بوڑھے خادم نے دروازہ کھولا۔ جنت زبردستی اندر داخل ہو گئی۔ پیچھے پیچھے چودھرانی تھی۔ سفید ریش گھبرا گیا اور بولا "سائیں بادشاہ مغرب کے بعد کسی سے نہیں ملتے۔ وہ اِس وقت کمرے میں مشغول ہیں۔"

"ہم سائیں بادشاہ سے ملنے نہیں آئے۔" چھوٹی چودھرانی بولی۔

"تو پھر؟" سفید ریش گھبرا گیا۔

"ایک سوال پوچھنا ہے۔" چودھرانی نے کہا۔

"سائیں بابا اِس سمے سوال کا جواب نہیں دیں گے۔""

"سائیں بابا نے جواب نہیں دینا۔ انہوں نے پوچھنا ہے۔" وہ بولی۔

"کس سے پوچھنا ہے؟" خادم بولا۔

"اس سے پوچھنا ہے جس کے وہ بالکے ہیں۔" یہ سن کر سفید ریش خادم سن کر کھڑا کا کھڑا رہ گیا۔

"ان سے پوچھو۔" چھوٹی چودھرانی نے کہا "ایک عورت تیرے دروازے پر کھڑی پوچھی رہی ہے کہ غریب نواز بتا کہ میرا جیون کس کام آیا؟"

کمرے پر منوں بوجھل خاموشی طاری ہو گئی۔

چھوٹی چودھرانی بولی "کہو وہ عورت پوچھتی ہے، تو نے بیٹھک کے گملے سے اِک بوٹا اکھیڑا۔ اِسے بیل بنا کر ایک درخت کے گرد لپیٹ دیا کہ جا اِس پر نثار ہوتی رہ۔" وہ رک گئی۔ کمرے کی خاموش اور گہری ہو گئی۔ "اب تو میں نے اِس درخت کو اکھیڑ پھینکا ہے۔ بیل مٹی میں رل گئی۔ وہ بیل پوچھتی ہے۔ بول میرا جیون کس کام آیا؟" یہ کہہ کر وہ چپ

ہو گئی۔

"تیرا جیون کس کام آیا۔ تیرا جیون کس کام آیا۔" سفید ریش خادم کے ہونٹ لرزنے لگے۔

"تو پوچھتی ہے کہ تیرا جیون کس کام آیا؟" وہ رک گیا۔ کمرے میں خاموش اِتنی بوجھل تھی کہ سہاری نہیں جاتی تھی۔

"میری طرف دیکھ۔" سفید ریش خادم نے کہا "سنہری بائی، میری طرف دیکھ کہ تیرا جیون کس کام آیا۔ مجھے نہیں پہچانتی؟ میں تیرا سارنگی نواز تھا۔ دیکھ میں کیا تھا کیا ہو گیا۔"

چھوٹی چودھرانی کے منہ سے ایک چیخ نکلی "استاد جی آپ۔ وہ استاد کے چرن چھونے کے لیے آگے بڑھی۔"

عین اس وقت ملحقہ کمرے کا دروازہ کھلا اور ایک بھاری بھر کم نورانی چہرہ برآمد ہوا۔ "سنہری بی بی! تیرا جیون کس کام آیا۔"

چھوٹی چودھرانی نے مڑ کر دیکھا۔

"ٹھاکر۔" وہ چلائی۔

ٹھاکر بولا "اب ہمیں پتا چلا کہ سرکار نے ہمیں اِدھر آنے کا حکم کیوں دیا تھا۔" اس نے سنہری بی بی کے سامنے اپنا سر جھکایا اور بولا "بی بی ہمیں آشیرباد دے۔"

***

کفنی

خواجہ حسن نظامی

"دلشاد گدگدیاں نہ کر مجھے سونے دے۔ نماز قضا ہوتی ہے، تو کیا کروں۔ آنکھ کھولنے کو جی نہیں چاہتا۔"

بیوی: "گدگدیاں میں نے نہیں کیں۔ یہ گلاب کا پھول تمہارے تلوؤں سے آنکھیں مل رہا ہے۔"

"میں اس پھول کو مسل ڈالوں گی۔ اتنی سویرے مجھے کیوں جگاتی ہے۔ میرا دل ابھی سونے کو چاہتا ہے۔ ذرا سندری کو بلا۔ بانسلی بجائے۔ ہلکے سروں میں بھیرویں سنائے۔ گل چمن کہاں ہے، چپی کرے، تو کوئی کہانی شروع کر۔"

"کہانی کہوں گی تو مسافر راستہ بھولیں گے۔ دن کو کہانی نہیں کہنی چاہیے۔ سندری حاضر ہے۔ گل چمن کو بلاتی ہوں، اماں جان آجائیں گی تو خفا ہوں گی کہ مہ جمال کو اب تک بے دار نہیں کیا، نماز کا وقت جاتا ہے۔"

سندری بانسلی بجا رہی تھی کہ مہ جمال نے آنکھیں کھول دیں۔ بالوں کو سمیٹا، مسکرائی، کلمہ پڑھا، نرگس نے سلام کیا۔ جواب میں اس کے ایک چٹکی لی گئی، انگڑائی لے کر اُٹھ بیٹھی اور کہا:

"دلشاد! ہم نے نرگس کے چٹکی لی، تو یہ ہنسی نہیں۔ منہ بنالیا۔ آ تو آ۔ تیرے کان

مروڑوں اور تو خوب ہنس۔"

دلشاد اٹھ کر بھاگی، دور کھڑی ہوئی اور کہا: لیجیے میں کھکھلا کر ہنستی ہوں، آپ سمجھ لیجیے کان مروڑ دیے۔"

مہ جمال نے پھر انگڑائی لی اور مسکراتی ہوئی طشت چوکی پر گئی۔ وضو کیا، نماز ادا کی، صحن میں نکلی، باغ کے پاس تخت پر بیٹھی، قرآن شریف شروع کیا۔ سب لونڈیاں فرش کی درستی میں مصروف ہوئیں، ناشتے کا سامان کرنے لگیں۔

مہ جمال تلاوت سے فارغ ہوئی تو مالن چنگیر میں چند ہری مرچیں لیے حاضر ہوئی۔ پہلے مہ جمال کی بلائیں لیں، دعائیں دیں، پھر بولی: سرکار آج حضور کے لگائے ہوئے پودوں میں یہ مرچیں لگی تھیں۔ نذر کے لیے لائی ہوں۔

مہ جمال نے چنگیر لے لی۔ سب لونڈیوں کو پکارا اور مرچوں کی آمد سے محل میں ایک دھوم مچ گئی۔ نرگس نے کہا "کیسی ہری ہری چکنی صورت ہے۔" دلشاد بولی "جیسے بیوی کے گال۔" سندری نے کہا "کیسی چپ چاپ چنگیر میں لیٹی ہیں، جیسے بیوی چھپر کھٹ میں سوتی ہیں۔ گل چمن بولی "ڈالی سے ٹوٹی ہیں، گھر سے چھوٹی ہیں، اس لیے ذرا چپ چپ ہیں۔"

مہ جمال نے کہا "مالن کو جوڑا دو، کپڑے پہناؤ، پانچ روپے نقد بھی دینا، میرے درختوں کا پہلا پھل لائی ہے، اس کا منہ بھی میٹھا کرنا۔"

مالن کو ریشمی جوڑا ملا۔ چاندی کے کڑے پہنائے گئے۔ لڈو کھلائے گئے۔ پانچ روپے نقد اور ایک پان کا بیڑا ملا۔ وہ دعائیں دیتی ہوئی اپنے گھر گئی۔ یہاں اماں جان کو لونڈی خبر دینے پہنچی کہ بیوی کے درختوں کا پہلا پھل آیا ہے۔ وہ برابر کے مکان سے آئیں۔ مغلانی ساتھ تھیں بیٹی کی بلائیں لیں۔ مہ جمال نے آداب کیا۔ اماں اور مغلانی نے مرچوں کی

خوب تعریفیں کیں اور تھوڑی دیر تک مرچوں کا غلغلہ گھر میں برپا رہا۔

مہ جمال خورشید جمال کی اکلوتی بیٹی تھی۔ اس کے والد میرزا نیلی شاہ عالم کے بیٹے اکبر شاہ ثانی کے بھائی تھے جو مر چکے تھے۔ خواصوں سے ان کے کئی بیٹے تھے مگر بیگم سے صرف مہ جمال ایک لڑکی پیدا ہوئی تھی اور وہ بھی بڑھاپا جانے کے بعد۔ جب میرزا نیلی مرے ہیں تو مہ جمال کی عمر پانچ سال تھی۔ اب ماشا اللہ پندرہویں سال میں ہے۔ صورت سانولی ہے، چہرہ کتابی ہے، قد میانہ ہے، آنکھیں سیاہ اور بے حد رسیلی اور مخمور ہیں۔ آواز میں قدرتی درد ہے۔ جب ہنس کے بولتی ہے تو یہ معلوم ہوتا ہے کہ کوئی مرثیہ پڑھا گیا۔ سن کر کلیجے پر چوٹ لگتی ہے۔ وہ بہت چنچل، شوخ، آرام طلب اور نازک مزاج ہے۔ لاڈ پیار میں پلی ہے۔ شہزادی ہے، بن باپ کی اکلوتی ہے اور کچھ فطرتاً ضدی اور ہٹیلی ہے۔ بدن بہت دبلا ہے۔ چلتی ہے تو غیر مصنوعی انداز سے بدن کو جھکاتی، پھولوں کی ٹہنی کی طرح اِدھر اُدھر جھکولے کھاتی ہے۔ ٹھوکر قدم قدم پر لگتی ہے۔ لونڈیاں ساتھ دوڑتی ہیں۔ بسم اللہ یا اللہ خیر کہتی جاتی ہیں۔

پھول والوں کی سیر تھی۔ بہادر شاہ اپنے محل میں جو درگاہ حضرت خواجہ قطب صاحب کے دروازہ کے قریب بنا تھا، تشریف رکھتے تھے۔ بیگمات اندر تھیں، مگر خورشید جمال اور مہ جمال نے دوسرا مکان لیا تھا، کیوں کہ میرزا نیلی کے وقت سے ان کی اور بہادر شاہ کے ان بن تھی۔ بہادر شاہ کو انگریز لاکھ روپے دیتے تھے، اس میں سے ایک ہزار روپے مہینہ خورشید جمال کا علیحدہ بھیج دیا جاتا تھا۔ سستا سماں تھا، ہزار روپے آج کل کے لاکھ روپے کے برابر تھے اور خورشید جمال خوب عیش آرام سے زندگی بسر کرتی تھیں۔ جس شام کو پنکھا چڑھا۔ مہ جمال عصر کے وقت سے برآمدہ میں چلمن کے پاس بیٹھی تھی۔ نفیری بج رہی تھی۔ دہلی کے ہندو مسلمان زرق برق کپڑے پہنے پنکھے کے ساتھ تھے۔

دکانیں آراستہ تھیں، سقے کٹورے بجا رہے تھے۔

مغرب کا وقت آیا تو خورشید جمال نے لونڈیوں سے کہلا بھیجا کہ پہلے آن کر نماز پڑھ لو پھر تماشا دیکھنا۔ مہ جمال اُٹھی تو چلتے وقت اس نے دیکھا اور ایک فقیر سفید کفنی پہنے، زرد چہرہ۔ ننگے سر، ننگے پاؤں، پنکھے کے پاس سے گزر کر اس کو دیکھتا ہوا چلا گیا۔ اس کی صورت اور کفنی دیکھ کر مہ جمال ڈر گئی۔ نماز میں بھی اسی کا خیال رہا۔ سیر سے فارغ ہو کر سوئی تو ہلکا ہلکا بخار تھا۔ ماں کو خبر ہوئی، اس نے کچھ پڑھ کر دم کیا۔ صندوقچہ سے ایک نقش نکال کر پیالے میں ڈالا، فقیروں کو خیرات بھجوائی۔

دوپہر کو بخار تیز ہو گیا۔ مہ جمال چونکتی تھی اور کہتی تھی "وہ کفنی والا آیا، وہ مجھ کو بلاتا ہے، اماں جی آنا وہ دیکھو کھڑا مسکراتا ہے۔"

ماں نے لونڈیوں سے پوچھا۔ انہوں نے کہا: ایک فقیر کل شام کو کفنی پہنے جاتا تھا، بیوی نماز کے لیے اٹھیں تو چلمن کا پردہ ہٹ گیا۔ فقیر نے ان کو گھور کر دیکھا اور بیوی نے اس کو دیکھا۔ اس کے بعد وہ کہیں چلا گیا۔

خورشید جمال نے نوکروں کو حکم دیا کہ اس حلیہ کا فقیر جہاں ملے اس کو لاؤ۔ نوکر سارے میلے میں ڈھونڈتے پھرے۔ شام کے قریب وہ ملا۔ اس کو ساتھ لے کر مکان پر لے آئے۔ خورشید جمال نے پردہ کے پاس بٹھا کر لڑکی کا حال کہا۔ وہ بولا مجھے اندر لے چلو میں دم کر دوں گا اچھی ہو جائے گی۔ خورشید جمال نے اندر پردہ کرا دیا۔ فقیر کو پلنگ کے پاس کھڑا کیا۔ اس نے آنکھ بند کر کے دونوں ہاتھ اپنے رخساروں پر رکھے اور کچھ دیر چپ کھڑا رہا اور پھر کہا: "لو لڑکی اچھی ہو گئی۔"

دیکھا تو واقعی بخار اتر گیا تھا۔ مہ جمال اٹھ بیٹھی۔ خورشید جمال اور سب لونڈیاں حیران ہو گئیں۔ فقیر کو بٹھایا۔ کچھ روپے اور کپڑے کے دو تھان نذر کیے۔ فقیر نے کہا:

"یہ میں نہیں لیتا، مجھے لڑکی کی صورت دکھادو، ورنہ پھر بیمار ہو جائے گی۔"

خورشید جمال نے پہلے تو کچھ تامل کیا، پھر خیال آیا کہ فقیر تو ماں باپ ہوتے ہیں، پردہ ہٹایا۔ مہ جمال نے فقیر کو دیکھا اور سر جھکا لیا۔ فقیر نے مہ جمال کو دیکھا اور برابر دیکھتا رہا۔ کچھ دیر کے بعد "بھلا ہو بابا" کہہ کر اٹھا اور چلا گیا۔

یہ تیس برس کا جوان تھا، مگر بیمار معلوم ہوتا تھا۔ چہرے پر زردی بہت زیادہ تھی۔ سفید کفنی کے سوا کوئی کپڑا پاس نہ تھا۔ آنکھیں ایسی معلوم ہوتی تھیں گویا روتے روتے سوج گئی ہیں۔

یہ شخص اس مالن کا بیٹا تھا جو مہ جمال کے باغ کی محافظ تھی۔ مہ جمال کو ایک سال پہلے اس نے باغ میں دیکھا تھا۔ اپنی غریبی اور مہ جمال کی شان کا خیال کر کے اس کو ہمت نہ ہوتی تھی کہ اس تکلیف کو کسی کے سامنے بیان کرے جو کہ جمال کے دیکھنے سے خود بہ خود اس کے اندر پیدا ہو گئی تھی۔

چھے مہینے وہ اس خلجان میں پریشان رہا۔ اس کے بعد اس کو ایک ہندو جوگی ملا جس سے اس نے اپنا حال بیان کیا۔ جوگی نے ایک سفید کفنی دی کہ اس کو پہن لے تیرے سب کام پورے ہو جائیں گے۔ کفنی پہنتے ہی وہ مجذوب ہو گیا اور گھر بار چھوڑ کر جنگل میں نکل گیا۔ چھے مہینے تک جنگلوں میں پھرتا رہا۔ چھے ماہ بعد اب پھر وہ آبادی میں آیا تھا، جہاں اس نے پھر مہ جمال کو دیکھا، مگر اب اس کے دیکھن میں ایسی قوت پیدا ہو گئی تھی کہ مہ جمال کو اس نے نگاہ میں بیمار کر دیا۔

۱۴ ستمبر ۱۸۵۷ء کو ایک رتھ نجف گڑھ کے قریب کھڑا تھا اور خاکی وردی کے فوجی سپاہی اس کو گھیرے ہوئے تھے۔ یہ سب لشکر سے تعلق رکھتے تھے۔ اس رتھ میں خورشید جمال، مہ جمال اور دو لونڈیاں سوار تھیں، باہر چار نوکر تلواریں لیے کھڑے تھے۔ فوج

والے کہتے تھے ہم اندر کی تلاشی لیں گے، اس میں کوئی باغی پوشیدہ ہے۔ بیگم کے نوکر کہتے تھے، اندر عورتیں ہیں، ہم پردہ نہ کھولنے دیں گے۔ نوبت لڑائی کو پہنچی تو نوکروں نے تلوار چلائی اور وہ سب ایسے لڑے کہ ایک بھی زندہ نہ بچا۔ فوجیوں نے رتھ کا پردہ اُلٹ دیا۔ عورتوں کو دیکھا اور زیور کا صندوقچہ ان سے چھین لیا۔ اس کے علاوہ اور جس قدر اسباب تھا وہ بھی لوٹ کر آگے بڑھ گئے۔ رتھ بان بھاگ گیا تھا۔ بیگم لونڈیوں کو لے کر نجف گڑھ کی طرف ہو لیں کہ اتنے میں چند گوجر لٹھ لیے ہوئے آئے اور ان سے زیورات اور کپڑے مانگنے لگے۔ بیگم نے کہا: ہم کو تو فوج والوں نے لوٹ لیا ہے اب ہمارے پاس کچھ بھی باقی نہیں ہے، تم رتھ اور بیل لے لو۔ مگر گوجر نہ مانے اور انہوں نے زبردستی ان کے برقعے اتار ڈالے۔ پاجاموں کے سوا تمام کپڑے چھین لیے۔ خورشید جمال اور لونڈیوں نے ان کو برا کہنا شروع کیا۔ ایک گوجر نے خورشید جمال کے سر پر لکڑی ماری اور دوسرے نے لونڈیوں پر لکڑیوں کے وار کیے۔ مہ جمال ڈری سہمی چپ کھڑی تھی۔ اس کو کسی نے نہ چھیڑا۔ خورشید جمال کا سر پھٹ گیا اور تڑپ کر مر گئیں۔ لونڈیاں بھی دونوں چوٹ کے صدمے سے تمام ہو گئیں۔ مہ جمال اکیلی کھڑی تماشا دیکھتی تھی۔ ماں کو مرتے دیکھا تو چمٹ کر رونے لگی۔ گوجر تو مار کوٹ کر چلے گئے اور مہ جمال روتے روتے بے ہوش ہو گئی۔ ہوش آیا تو اس نے دیکھا نہ اس کی ماں کی لاش ہے نہ لونڈیوں کی لاشیں ہیں، نہ وہ جنگل ہے بلکہ وہ ایک گھر کے اندر چارپائی پر لیٹی ہے۔ سامنے ایک گائے بندھی کھڑی ہے۔ چند مرغیاں صحن میں پھر رہی ہیں اور ایک میواتی چالیس پچاس برس کی عمر کا سامنے بیٹھا اپنی بیوی سے باتیں کر رہا ہے۔

مہ جمال کو پھر رونا آگیا اور اس نے میواتی کی بیوی سے مخاطب ہو کر پوچھا: میری اماں کہاں گئیں؟ میواتن نے کہا: وہ مر گئی تھیں ان کو دفن کر دیا گیا۔ تم کو یہاں لائے

ہیں۔ تم کچھ کھاؤ گی؟ لو کھیر پکی ہے کھالو۔"

مہ جمال نے کہا: مجھے بھوک نہیں ہے" اور ہچکیاں لے کر رونے لگی۔ میواتن پاس آگئی اور اس نے دلاسا دینا شروع کیا اور کہا: "بیٹی صبر کر رونے سے کیا ہوتا ہے۔ اب تیری ماں زندہ نہیں ہو سکتی۔ ہمارے اولاد نہیں ہے، بیٹی بنا کر رکھیں گے۔ اس گھر کو اپنا گھر سمجھ، تو کون ہے، تیرا باپ کہاں ہے اور تو کہاں جاتی تھی۔"

مہ جمال نے کہا: "میں دلی کے بادشاہ کے خاندان میں ہوں۔ میرے ابا جان گیارہ برس ہوئے مر گئے۔ ہم غدر کی بھاگڑ میں گھر سے نکلے تھے۔ نجف گڑھ میں ہمارے باغ کا مالی رہتا ہے۔ اس کے گھر میں جانا چاہتے ہیں کہ راستہ میں پہلے فوج والوں نے لوٹا پھر گوجروں نے اماں جان اور دو لونڈیوں کو مار ڈالا۔" کہتے کہتے وہ پھر رونے لگی۔

چند روز مہ جمال میواتن کے ہاں آرام سے دن گزارتی رہی۔ اگرچہ وہ پچھلے وقت کو یاد کر کے روتی تھی لیکن میواتن کی محبت کے سبب اس کو کسی بات کی تکلیف نہ تھی۔ پکی پکائی روٹی مل جاتی تھی تاہم مہ جمال کو یہ گھر اور اس کی سادگی کاٹے کھاتی تھی اور وہ پچھلے زمانہ کا عیش یاد آتا تھا۔ ایک رات کو مہ جمال اور میواتن اور اس کا خاوند اپنے مکان میں سوتے تھے کہ پڑوس کے ایک چھپر میں آگ لگ گئی اور وہاں سے بڑھ کر ان کے چھپر میں بھی آن لگی۔ دھوئیں کی بو سے مہ جمال کی آنکھ کھل گئی اور وہ چیختی ہوئی اٹھی۔ میواتن اور میواتی کا کچھ زیور گھر کے اندر رکھا تھا، وہ اس کو لینے کے لیے اندر بھاگے اور مہ جمال گھر کے باہر بھاگی۔ کوٹھے کا جلتا ہوا چھپر گر پڑا اور وہ دونوں اس کے اندر جل کر مر گئے۔ قصبے والوں نے بہ مشکل آگ بجھائی۔ مگر مہ جمال کا یہ ٹھکانا بھی خاک کا ڈھیر بن کر رہ گیا۔ صبح جلی ہوئی لاشیں قصبے والوں نے دفن کیں اور مہ جمال کو ایک نمبردار اپنے گھر لے گیا۔ اس کے کئی بچے اور دو بیویاں تھیں۔ مہ جمال کو ایک چارپائی سونے کو دی

گئی۔ وہ دن تو گزر گیا۔ رات کو ایک بیوی نے کہا، اری لڑکی دودھ چولھے پر رکھ دے۔ دوسری بولی اری ادھر آ، میرے بچے کو سلا دے۔ ایک وقت میں دو حکم سن کر مہ جمال ذرا گھبرا گئی۔ اس نے نہ کبھی دودھ چولھے پر رکھا تھا نہ کسی بچے کو لوریاں دے کر سلایا تھا تاہم وہ دودھ اٹھا کر چولھے پر رکھنے چلی۔ چولھے کے قریب آکر ٹھوکر لگی، ہانڈی ہاتھ سے گر پڑی اور ٹوٹ گئی۔ دودھ سب بکھر گیا۔ آواز سن کر نمبر دار کی بیوی دوڑ کر آئی اور دودھ گرا ہوا دیکھ کر ایک دو ہتھڑ مہ جمال کے مارا اور گالیاں دینی شروع کیں۔

مار کھانے اور گالیاں سننے کا پہلا موقع تھا۔ مہ جمال کھڑی تھر تھر کانپ رہی تھی۔ دودھ اس کے کپڑوں پر بھی گرا تھا۔ کبھی وہ کپڑوں کو دیکھتی اور کبھی نمبر دار کی بیوی کو دیکھتی جو لگاتار گالیاں بک رہی تھی۔

آخر وہ دیوار کے سہارے لگ کر کھڑی ہو گئی اور بے اختیار رونے لگی۔ مہ جمال کو روتا دیکھ کر نمبر دار کی بیوی کو پھر غصہ آیا اور اس نے جوتی نکال کر دو تین اس کے چہرے پر ماریں اور کہا: "اب تو مجھ کو رو کر ڈراتی ہے۔ موئی ڈائن میوا تن کو کھا گئی، اب یہاں کس کو کھانے آئی ہے۔ میرا سارا دودھ پھینک دیا، خدا رکھے میرے بچوں کو۔ دودھ کا چولھے کے سامنے گرنا بڑا منحوس ہوتا ہے۔ خبر نہیں تیرا آنا کیا مصیبت لائے گا۔"

مہ جمال کے چہرے پر جوتیاں پڑیں تو وہ بلبلا اٹھی اور اس نے دونوں ہاتھوں سے اپنا منہ چھپا لیا۔ اتنے میں نمبر دار نے جو یہ شور و غل سنا تو وہ بھی وہاں آیا۔ مہ جمال وہاں سے بھاگ کر اپنی چارپائی کے پاس آگئی۔ نمبر دار اور اس کی بیوی بھی دالان میں آئے۔ نمبر دار نے بیوی سے پوچھا کیا ہوا تھا۔ اس نے سارا قصہ بیان کیا۔ اس نے کہا چلو خیر جانے دو۔ غریب عورت ہے خطا ہو گئی کچھ خیال نہ کرو۔ دوسری بولی: یہ غریب نہیں ہے بڑی قطامہ ہے۔ میں نے آواز دی کہ ذرا بچے کو سلا دے تو کانوں میں بول مار کر چپ ہو گئی اور

سنی ان سنی کر دی۔ اس کو تم بیگم بنا کر لائے ہو یا نوکر بنا کر۔ نوکر ہے تو اس کو کام کرنا پڑے گا۔"

نمبر دار نے کہا "میں تو لاوارث سمجھ کر لایا ہوں۔ اس کو کام کرنا چاہیے۔ ہم کو ایک نوکر عورت کی ضرورت بھی تھی۔"

مہ جمال نے ڈرتے ڈرتے کہا "مجھ کو نوکری کرنی نہیں آتی تھی، تم مجھ کو سکھا دو تقدیر نے یہ وقت تو مجھ پر ڈالا مگر نوکری نہ سکھائی۔ میرے سامنے لونڈیاں کام کرتی تھیں۔ میں نے تو کبھی کچھ کام نہیں کیا۔" یہ کہتے کہتے اس کو ایسا رونا آیا کہ ہچکی بندھ گئی۔

نمبر دار نے کہا "تو رو مت رفتہ رفتہ سب کام آجائے گا۔" اس کے بعد کچھ کھانے کو دیا مگر مہ جمال سے کھایا نہ گیا اور وہ یوں ہی پڑ کر سو گئی۔ صبح کو نمبر دار کی بیوی نے زور سے جھنجھوڑا اور کہا اری اٹھی نہیں کب تک سوئے گی۔ جھاڑو دینے کا وقت ہے۔"

مہ جمال کو یاد آیا کہ دلشاد، نرگس، سندری کس طرح جگایا کرتی تھیں یا وہ وقت تھا یا یہ وقت ہے۔ ٹھنڈا سانس بھر کر اُٹھی اور حسب عادت دو چار انگڑائیاں لیں۔

نمبر دار کی بیوی نے دھکا دے کر کہا "نحوت پھیلاتی ہے اٹھتی نہیں۔" اس وقت مہ جمال نے جانا کہ اب میں واقعی لونڈی بن گئی ہوں۔ شہزادی نہیں رہی، فوراً اٹھی مگر آنسو لگاتار اس کی آنکھوں سے بہ رہے تھے۔ نمبر دار کی دوسری بیوی نے کہا "اس عورت کا گزر ہمارے گھر میں نہ ہو گا۔ ہر وقت روتی ہے۔ بال بچوں کے گھر میں اس منحوس کا رکنا اچھا نہیں۔" اتنے میں نمبر دار آگیا اور اس نے بیویوں کے کہنے سے مہ جمال کو کھڑے کھڑے گھر سے باہر نکال دیا۔

مہ جمال یہ خیال کر رہی تھی کہ اتنے میں وہ کفنی والا فقیر سامنے آیا اور مہ جمال کو دیکھ کر کھڑا کا کھڑا رہ گیا۔ مہ جمال پر بھی اس ناگہانی ملاقات کا بہت اثر ہوا اور وہ بھی کچھ

گم صم سی ہو گئی۔ اگرچہ وہ ایسی مصیبت کے حال میں تھی کہ اس کو تن بدن کا ہوش نہ تھا، تاہم فقیر اور اس کی کفنی اور اس کی زرد صورت اور لال آنکھوں کا ایسا اثر اس پر ہوا کہ تمام بدن میں سنسناہٹ ہونے لگی۔

فقیر نے کہا "میری ملکہ تم یہاں کہاں؟" مہ جمال نے میری ملکہ کا لفظ سنا تو لحاظ سے منہ پھیر لیا اور کہا "مجھ کو تقدیر یہاں پر لے آئی ہے۔" اور پھر سارا قصہ بیان کیا۔ اس نے کہا "میرا گھر تو قریب ہے مگر میں نے کبھی تمہارا حال نہ سنا۔ چلیے میرے گھر پر چلیے۔" مہ جمال اس کے پیچھے پیچھے چلی۔ وہ اپنے گھر میں گیا اور مالن سے مہ جمال کا حال کہا۔ وہ دوڑی ہوئی آئی اور مہ جمال کے قدموں پر گر پڑی اور پروانوں کی طرح اس پر قربان ہونے لگی۔ اس کے بعد بڑی عزت سے چارپائی پر لے جا کر بٹھایا اور حالات پوچھتی رہی اور کہا "بیگم یہ گھر آپ کا ہے۔ میرا بیٹے کے سوا اور کوئی نہیں ہے۔ آپ کے گھر کی بدولت خدا نے مالا مال کر رکھا ہے۔ اب آپ اس گھر کی مالک ہیں۔ میں اور میرا بیٹا آپ کے لونڈی غلام ہیں۔"

مالن نے اپنی حیثیت کے موافق اس قدر آرام مہ جمال کو پہنچایا کہ وہ مصیبتوں کو بھول گئی۔ اس نے دیکھا کہ مالن کے لڑکے کے پاس دور دور سے بیمار آتے ہیں اور وہ پہلے اپنی کفنی پر ہاتھ ملتا ہے۔ پھر اپنے دونوں رخساروں پر ان کو رکھتا ہے اور آنکھیں کچھ دیر بند رکھ کر پھر کھول دیتا ہے اور کہتا ہے کہ "جاؤ تم اچھے ہو" سب بیمار آن کی آن میں اچھے ہو جاتے ہیں۔

مہ جمال کئی روز تک یہ تماشا دیکھتی رہی تو اس نے مالن سے پوچھا "تیرے لڑکے میں طاقت کہاں سے آگئی۔ اس نے مجھ کو بھی ایک دن اسی طرح اچھا کر دیا تھا۔"

مالن نے ہاتھ جوڑ کر کہا "بیوی جان کی امان پاؤں تو کہوں" مہ جمال نے کہا "اب میں

جان کی امان دینے کے قابل نہیں ہوں۔ تم کہو مجھے اس بھید کے معلوم کرنے کا شوق ہے۔"

مالن نے کہا "بیگم میرے لڑکے کو تم سے محبت ہوگئی تھی اور تمہارے فراق میں اس نے بہت دکھ اٹھائے۔ آخر ایک فقیر نے اس کو یہ کفنی دی۔ یہ اسی کی برکت ہے جس سے ہزاروں کو فیض پہنچ رہا ہے اور خدا نے گھر بیٹھے تم کو بھی یہاں بھیج دیا۔"

مہ جمال پر اس خبر کا بہت اثر ہوا اور کچھ دن کے بعد اس نے مالن سے کہہ کر قاضی کو بلوایا اور کفنی پوش سے نکاح کر لیا۔

مالن نے تمام عمر مہ جمال کی ایسی خدمت کی اور ایسی محبت سے اس کو رکھا کہ وہ کہتی تھی کہ مجھ کو اپنا بچپن بھی یاد نہیں آتا۔ مگر مالن کے لڑکے نے کفنی پہننا ترک نہ کیا اور اس کفنی کا فیض دور دور مشہور ہوگیا اور اس طرح مہ جمال کی سوتی قسمت کفنی نے جگا دی۔

***

آخری آدمی

انتظار حسین

الیاس اس قریے میں آخری آدمی تھا۔ اس نے عہد کیا تھا کہ معبود کی سوگند میں آدمی کی جون میں پیدا ہوا ہوں اور میں آدمی ہی کی جون میں مروں گا۔ اور اس نے آدمی کی جون میں رہنے کی آخر دم تک کوشش کی۔

اور اس قریے سے تین دن پہلے بندر غائب ہو گئے تھے۔ لوگ پہلے حیران ہوئے اور پھر خوشی منائی کہ بندر جو فصلیں برباد اور باغ خراب کرتے تھے نابود ہو گئے۔ پر اس شخص نے جو انہیں سبت کے دن مچھلیوں کے شکار سے منع کیا کرتا تھا یہ کہا کہ بندر تو تمہارے درمیان موجود ہیں مگر یہ کہ تم دیکھتے نہیں۔ لوگوں نے اس کا برا مانا اور کہا کہ کیا تو ہم سے ٹھٹھا کرتا ہے اور اس نے کہا کہ بے شک ٹھٹھا تم نے خدا سے کیا کہ اس نے سبت کے دن مچھلیوں کے شکار سے منع کیا اور تم نے سبت کے دن مچھلیوں کا شکار کیا اور جان لو کہ وہ تم سے بڑا ٹھٹھا کرنے والا ہے۔

اس کے تیسرے دن یوں ہوا کہ الیعذر کی لونڈی گجر وم الیعذر کی خواب گاہ میں داخل ہوئی اور سہمی ہوئی الیعذر کی جورو کے پاس الٹے پاں آئی۔ پھر الیعذر کی جورو خواب گاہ تک گئی اور حیران و پریشان واپس آئی۔ پھر یہ خبر دور دور تک پھیل گئی اور دور دور سے لوگ الیعذر کے گھر آئے اور اس کی خواب گاہ تک جا کر ٹھٹھک ٹھٹھک گئے کہ الیعذر کی

خواب گاہ میں الیعذر کی بجائے ایک بڑا بندر آرام کرتا تھا اور الیعذر نے پچھلے سبت کے دن سب سے زیادہ مچھلیاں پکڑی تھیں۔

پھر یوں ہوا کہ ایک نے دوسرے کو خبر دی کہ اے عزیز الیعذر بندر بن گیا ہے۔ اس پر دوسرا زور سے ہنسا۔ "تو نے مجھ سے ٹھٹھا کیا۔" اور وہ ہنستا چلا گیا، حتی کہ منہ اس کا سرخ پڑ گیا اور دانت نکل آئے اور چہرے کے خدوخال کھینچتے چلے گئے اور وہ بندر بن گیا۔ تب پہلا کمال حیران ہوا۔ منہ اس کا کھلا کا کھلا رہ گیا اور آنکھیں حیرت سے پھیلتی چلی گئیں اور پھر وہ بھی بندر بن گیا۔

اور الیاب ابن زبلون کو دیکھ کر ڈرا اور یوں بولا کہ اے زبلون کے بیٹے تجھے کیا ہوا ہے کہ تیرا چہرا بگڑ گیا ہے۔ ابن زبلون نے اس بات کا برا مانا اور غصے سے دانت کچکچانے لگا۔ تب الیاب مزید ڈرا اور چلا کر بولا کہ اے زبلون کے بیٹے! تیری ماں تیرے سوگ میں بیٹھے، ضرور تجھے کچھ ہو گیا ہے۔ اس پر ابن زبلون کا منہ غصے سے لال ہو گیا اور دانت کھینچ کر الیاب پر جھپٹا۔ تب الیاب پر خوف سے لرزہ طاری ہوا اور ابن زبلون کا چہرہ غصے سے اور الیاب کا چہرہ خوف سے بگڑتا چلا گیا۔ ابن زبلون غصے سے آپے سے باہر ہوا اور الیاب خوف سے اپنے آپ میں سکڑتا چلا گیا اور وہ دونوں کہ ایک مجسم غصہ اور ایک خوف کی پوت تھے آپس میں گتھ گئے۔ ان کے چہرے بگڑتے چلے گئے۔ پھر ان کے اعضا بگڑے۔ پھر ان کی آوازیں بگڑیں کہ الفاظ آپس میں مدغم ہوتے چلے گئے اور غیر ملفوظ آوازیں بن گئے۔ پھر وہ غیر ملفوظ آوازیں وحشیانہ چیخ بن گئیں اور پھر وہ بندر بن گئے۔

الیاسف نے کہ ان سب میں عقل مند تھا اور سب سے آخر تک آدمی بنا رہا۔ تشویش سے کہا کہ اے لوگو! ضرور ہمیں کچھ ہو گیا ہے۔ آہم اس شخص سے رجوع کریں جو ہمیں سبت کے دن مچھلیاں پکڑنے سے منع کرتا ہے۔ پھر الیاس لوگوں کو ہمراہ لے کر

اس شخص کے گھر گیا۔ اور حلقہ زن ہو کے دیر تک پکارا کیا۔ تب وہ وہاں سے مایوس پھرا اور بڑی آواز سے بولا کہ اے لوگو! وہ شخص جو ہمیں سبت کے دن مچھلیاں پکڑنے سے منع کیا کرتا تھا آج ہمیں چھوڑ کر چلا گیا ہے۔ اور اگر سوچو تو اس میں ہمارے لئے خرابی ہے۔ لوگوں نے یہ سنا اور دہل گئے۔ ایک بڑے خوف نے انہیں آلیا۔

دہشت سے صورتیں ان کی چپٹی ہونے لگیں۔ اور خدوخال مسخ ہوتے چلے گئے۔ اور الیاسف نے گھوم کر دیکھا اور بندروں کے سوا کسی کو نہ پایا۔ جاننا چاہیئے کہ وہ بستی ایک بستی تھی۔ سمندر کے کنارے۔ اونچے برجوں اور بڑے دروازوں والی حویلیوں کی بستی، بازاروں میں کھوے سے کھوا چھلتا تھا۔ کٹورا بجتا تھا۔ پر دم کے دم میں بازار ویران اور اونچی ڈیوڑھیاں سونی ہو گئیں۔ اور اونچے برجوں میں عالی شان چھتوں پر بندر ہی بندر نظر آنے لگے اور الیاسف نے ہر اس سے چاروں سمت نظر دوڑائی اور سوچا کہ میں اکیلا آدمی ہوں اور اس خیال سے وہ ایسا ڈرا کہ اس کا خون جمنے لگا۔ مگر اسے الیاب یاد آیا کہ خوف سے کس طرح اس کی صورت بگڑتی چلی گئی اور وہ بندر بن گیا۔ تب الیاسف نے اپنے خوف پر غلبہ پایا اور عزم باندھا کہ معبود کی سوگند میں آدمی کی جون میں پیدا ہوا ہوں اور آدمی ہی کی جون میں مروں گا اور اس نے ایک احساسِ برتری کے ساتھ اپنے مسخ صورت ہم جنسوں کو دیکھا اور کہا۔ تحقیق میں ان میں سے نہیں ہوں کہ وہ بندر ہیں اور میں آدمی کی جون میں پیدا ہوا۔ اور الیاسف نے اپنے ہم جنسوں سے نفرت کی۔ اس نے ان کی لال بھبوکا صورتوں اور بالوں سے ڈھکے ہوئے جسموں کو دیکھا اور نفرت سے چہرہ اس کا بگڑنے لگا مگر اسے اچانک زبان کا خیال آیا کہ نفرت کی شدت سے صورت اس کی مسخ ہو گئی تھی۔ اس نے کہا کہ الیاسف نفرت مت کر کہ نفرت سے آدمی کی کایا بدل جاتی ہے اور الیاسف نے نفرت سے کنارہ کیا۔

الیاسف نے نفرت سے کنارہ کیا اور کہا کہ بے شک میں انہی میں سے تھا اور اس نے وہ دن یاد کئے جب وہ ان میں سے تھا اور دل اس کا محبت کے جوش سے منڈنے لگا۔ اسے بنت الاخضر کی یاد آئی کہ فرعون کے رتھ کی دودھیا گھوڑیوں میں سے ایک گھوڑی کی مانند تھی۔ اور اس کے بڑے گھر کے در سرو کے اور کڑیاں صنوبر کی تھیں۔ اس یاد کے ساتھ الیاسف کو بیتے دن یاد آگئے کہ وہ سرو کے دروں اور صنوبر کی کڑیوں والے مکان میں عقب سے گیا تھا اور چھپر کھٹ کے لئے اسے ٹٹولا جس کے لئے اس کا جی چاہتا تھا اور اس نے دیکھا لمبے بال اس کی رات کی بوندوں سے بھیگے ہوئے ہیں اور چھاتیاں ہرن کے بچوں کے موافق تڑپتی ہیں۔ اور پیٹ اس کا گندم کی ڈیوڑھی کی مانند ہے اور پاس اس کے صندل کا گول پیالہ ہے اور الیاسف نے بنت الاخضر کو یاد کیا اور ہرن کے بچوں اور گندم کی ڈھیر اور صندل کے گول پیالے کے تصور میں سرو کے دروں اور صنوبر کی کڑیوں والے گھر تک گیا۔ ساس نے خالی مکان کو دیکھا اور چھپر کھٹ پر اسے ٹٹولا۔ جس کے لئے اس کا جی چاہتا تھا اور پکارا کہ اے بنت الاخضر! تو کہاں ہے اور اے وہ کہ جس کے لئے میرا جی چاہتا ہے۔ دیکھ موسم کا بھاری مہینہ گزر گیا اور پھولوں کی کیاریاں ہری بھری ہو گئیں اور قمریاں اونچی شاخوں پر پھڑ پھڑاتی ہیں۔ تو کہاں ہے؟ اے اخضر کی بیٹی! اے اونچی چھت پر بچھے ہوئے چھپر کھٹ پر آرام کرنے والی تجھے دشت میں دوڑتی ہوئی ہرنیوں اور چٹانوں کی دراڑوں میں چھپے ہوئے کبوتروں کی قسم تو نیچے اتر آ۔ اور مجھ سے آن مل کہ تیرے لئے میرا جی چاہتا ہے۔ الیاسف بار بار پکارتا کہ اس کا جی بھر آیا اور بنت الاخضر کو یاد کر کے رویا۔

الیاسف بنت الاخضر کو یاد کر کے رویا مگر اچانک الیعذر کی جورو یاد آئی جو الیعذر کو بندر کی جون میں دیکھ کر روئی تھی۔ حالانکہ اس کی ہڑکی بندھ گئی اور بہتے آنسوں میں اس

کے جمیل نقوش بگڑتے چلے گئے۔ اور ہڑکی کی آواز وحشی ہوتی چلی گئییہاں تک کہ اس کی جون بدل گئی۔ تب الیاسف نے خیال کیا۔ بنت الاخضر جن میں سے تھی ان میں مل گئی۔ اور بے شک جو جن میں سے ہے وہ ان کے ساتھ اٹھایا جائے گا اور الیاسف نے اپنے تیئں کہا کہ اے الیاسف ان سے محبت مت کر مبادا تو ان میں سے ہو جائے اور الیاسف نے محبت سے کنارہ کیا اور ہم جنسوں کو نا جنس جان کر ان سے بے تعلق ہو گیا اور الیاسف نے ہرن کے بچوں اور گندم کی ڈھیری اور صندل کے گول پیالے کو فراموش کر دیا۔

الیاسف نے محبت سے کنارہ کیا اور اپنے ہم جنسوں کی لال بھبوکا صورتوں اور کھڑی دم دیکھ کر ہنسا اور الیاسف کو الیعذر کی جورو یاد آئی کہ وہ اس قریے کی حسین عورتوں میں سے تھی۔ وہ تاڑ کے درخت کی مثال تھی اور چھاتیاں اس کی انگور کے خوشوں کی مانند تھیں۔ اور الیعذر نے اس سے کہا تھا کہ جان لے کہ میں انگور کے خوشے توڑوں گا اور انگور کے خوشوں والی تڑپ کر ساحل کی طرف نکل گئی۔

الیعذر اس کے پیچھے پیچھے گیا اور پھل توڑا اور تاڑ کے درخت کو اپنے گھر لے آیا اور اب وہ ایک اونچے کنگرے پر الیعذر کی جوئیں بن بن کر کھاتی تھی۔ الیعذر جھری جھری لے کر کھڑا ہو جاتا اور وہ دم کھڑی کر کے اپنے لجلجے پنجوں پر اٹھ بیٹھی۔ اس کے ہنسنے کی آواز اتنی اونچی ہوتی کہ اسے ساری بستی گونجتی معلوم ہوئی اور وہ اپنے اتنی زور سے ہنسنے پر حیران ہوا مگر اچانک اسے اس شخص کا خیال آیا جو ہنستے ہنستے بندر بن گیا تھا اور الیاسف نے اپنے تیئں کہا۔ اے الیاسف تو ان پر مت ہنس مبادا تو ہنسی کی ایسا بن جائے اور الیاسف نے ہنسی سے کنارہ کیا۔

الیاسف نے ہنسی سے کنارہ کیا۔ الیاسف محبت اور نفرت سے غصہ اور ہمدردی سے رونے اور ہنسنے سے ہر کیفیت سے گزر گیا اور ہم جنسوں کو نا جنس جان کر ان سے بے

تعلق ہو گیا۔ ان کا درختوں پر اچکنا، دانت پیس پیس کر کلکاریاں کرنا، کچے کچے پھلوں پر لڑنا اور ایک دوسرے کو لہولہان کر دینا۔ یہ سب کچھ اسے آگے کبھی ہم جنسوں پر رلاتا تھا، کبھی ہنساتا تھا۔ کبھی غصہ دلاتا کہ وہ ان پر دانت پیسنے لگا اور انہیں حقارت سے دیکھتا اور یوں ہوا کہ انہیں لڑتے دیکھ کر اس نے غصہ کیا اور بڑی آواز سے جھڑکا۔ پھر خود اپنی آواز پر حیران ہوا۔ اور کسی کسی بندر نے اسے بے تعلقی سے دیکھا اور پھر لڑائی میں جٹ گیا۔ اور الیاسف کے تیئں لفظوں کی قدر کی جاتی رہی۔ کہ وہ اس کے اور اس کے ہم جنسوں کے درمیان رشتہ نہیں رہے تھے اور اس کا اس نے افسوس کیا۔ الیاسف نے افسوس کیا اپنے ہم جنسوں پر، اپنے آپ پر اور لفظ پر۔ افسوس ہے ان پر بوجہ اس کے وہ اس لفظ سے محروم ہو گئے۔ افسوس ہے مجھ پر بوجہ اس کے لفظ میرے ہاتھوں میں خالی برتن کی مثال بن کر رہ گیا۔ اور سوچو تو آج بڑے افسوس کا دن ہے۔ آج لفظ مر گیا۔ اور الیاسف نے لفظ کی موت کا نوحہ کیا اور خاموش ہو گیا۔

الیاسف خاموش ہو گیا اور محبت اور نفرت سے، غصے اور ہمدردی سے، ہنسنے اور رونے سے درگزرا۔ اور الیاسف نے اپنے ہم جنسوں کو ناجنس جان کر ان سے کنارہ کیا اور اپنی ذات کے اندر پناہ لی۔ الیاسف اپنی ذات کے اندر پناہ گیر جزیرے کے مانند بن گیا۔ سب سے بے تعلق، گہرے پانیوں کے درمیان خشکی کا ننھا سا نشان اور جزیرے نے کہا میں گہرے پانیوں کے درمیان زمین کا نشان بلند رکھوں گا۔

الیاسف اپنے تیئں آدمیت کا جزیرہ جانتا تھا۔ گہرے پانیوں کے خلاف مدافعت کرنے لگا۔ اس نے اپنے گرد پشتہ بنالیا کہ محبت اور نفرت، غصہ اور ہمدردی، غم اور خوشی اس پر یلغار نہ کریں کہ جذبے کی کوئی رو اسے بہا کر نہ لے جائے اور الیاسف اپنے جذبات سے خوف کرنے لگا۔ پھر جب وہ پشتہ تیار کر چکا تو اسے یوں لگا کہ اس کے سینے کے اندر

پتھری پڑگئی ہے۔ اس نے فکر مند ہو کر کہا کہ اے معبود میں اندر سے بدل رہا ہوں تب اس نے اپنے باہر پر نظر کی اور اسے گمان ہونے لگا کہ وہ پتھری پھیل کر باہر آرہی ہے کہ اس کے اعضا خشک، اس کی جلد بدرنگ اور اس کا لہو بے رس ہوتا جارہا ہے۔ پھر اس نے مزید اپنے آپ پر غور کیا اور اسے مزید وسوسوں نے گھیرا۔ اسے لگا کہ اس کا بدن بالوں سے ڈھکتا جارہا ہے۔ اور بال بدرنگ اور سخت ہوتے جارہے ہیں۔ تب اسے اپنے بدن سے خوف آیا اور اس نے آنکھیں بند کرلیں۔ خوف سے وہ اپنے اندر سمٹنے لگا۔ اسے یوں معلوم ہوا کہ اس کی ٹانگیں اور بازو مختصر اور سر چھوٹا ہوتا جارہا ہے تب اسے مزید خوف ہوا اور اعضا اس کے خوف سے مزید سکڑنے لگے اور اس نے سوچا کہ کیا میں بالکل معدوم ہوجاں گا۔

اور الیاسف نے الیاب کو یاد کیا کہ خوف سے اپنے اندر سمٹ کر وہ بندر بن گیا تھا۔ تب اس نے کہا کہ میں اندر کے خوف پر اسی طور غلبہ پاں گا جس طور میں نے باہر کے خوف پر غلبہ پایا تھا اور الیاسف نے اندر کے خوف پر غلبہ پالیا۔ اور اس کے سمٹتے ہوئے اعضا دوبارہ کھلنے اور پھیلنے لگے۔ اس کے اعضا ڈھیلے پڑگئے۔ اور اس کی انگلیاں لمبی اور بال بڑے اور کھڑے ہونے لگے۔ اور اس کی ہتھیلیاں اور تلوے چپٹے اور لجلجے ہوگئے اور اس کے جوڑ کھلنے لگے اور الیاسف کو گمان ہوا کہ اس کے سارے اعضا بکھر جائیں گے تب اس نے عزم کرکے اپنے دانتوں کو بھینچا اور مٹھیاں کس کر باندھا اور اپنے آپ کو اکٹھا کرنے لگا۔

الیاسف نے اپنے بدہیئت اعضا کی تاب نہ لاکر آنکھیں بند کرلیں اور جب الیاسف نے آنکھیں بند کیں تو اسے لگا کہ اس کے اعضا کی صورت بدلتی جارہی ہے۔

اس نے ڈرتے ڈرتے اپنے آپ سے پوچھا کہ میں میں نہیں رہا۔ اس خیال سے دل

اس کا ڈھہنے لگا۔ اس نے بہت ڈرتے ڈرتے ایک آنکھ کھولی اور چپکے سے اپنے اعضا پر نظر کی۔ اسے ڈھارس ہوئی کہ اس کے اعضا تو جیسے تھے ویسے ہی ہیں۔ اس نے دلیری سے آنکھیں کھولیں اور اطمینان سے اپنے بدن کو دیکھا اور کہا کہ بے شک میں اپنی جون میں ہوں مگر اس کے بعد آپ ہی آپ اسے پھر وسوسہ ہوا کہ جیسے اس کے اعضا بگڑتے جا رہے ہیں اور اس نے پھر آنکھیں بند کر لیں۔

الیاسف نے آنکھیں بند کر لیں اور جب الیاسف نے آنکھیں بند کیں تو اس کا دھیان اندر کی طرف گیا اور اس نے جانا کہ وہ کسی اندھیرے کنویں میں دھنستا جا رہا ہے اور الیاسف کنویں میں دھنستے ہوئے ہم جنسوں کی پرانی صورتوں نے اس کا تعاقب کیا۔ اور گزری راتیں محاصرہ کرنے لگیں۔ الیاسف کو سبت کے دن ہم جنسوں کا مچھلیوں کا شکار کرنا یاد آیا کہ ان کے ہاتھوں مچھلیوں سے بھرا سمندر مچھلیوں سے خالی ہونے لگا۔ اور اس کی ہوس بڑھتی گئی اور انہوں نے سبت کے دن بھی مچھلیوں کا شکار شروع کر دیا۔ تب اس شخص نے جو انہیں سبت کے دن مچھلیوں کے شکار سے منع کرتا تھا کہا کہ رب کی سوگند جس نے سمندر کو گہرے پانیوں والا بنایا اور گہرے پانیوں کی مچھلیوں کا مامن ٹھہرایا سمندر تمہارے دستِ ہوس سے پناہ مانگتا ہے اور سبت کے دن مچھلیوں پر ظلم کرنے سے باز رہو کہ مبادا تم اپنی جانوں پر ظلم کرنے والے قرار پا۔ الیاسف نے کہا کہ معبود کی سوگند میں سبت کے دن مچھلیوں کا شکار نہیں کروں گا اور الیاسف عقل کا پتلا تھا۔ سمندر سے فاصلے پر ایک گڑھا کھودا اور نالی کھود کر اسے سمندر سے ملا دیا اور سبت کے دن مچھلیاں سطحِ آب پر آئیں تو تیرتی ہوئی نالی کی راہ گڑھے پر نکل گئیں۔ اور سبت کے دوسرے دن الیاسف نے اس گڑھے سے بہت سی مچھلیاں پکڑیں۔ وہ شخص جو سبت کے دن مچھلیاں پکڑنے سے منع کرتا تھا۔ یہ دیکھ کر بولا کہ تحقیق جس نے اللہ سے مکر کیا اللہ

اس سے مکر کرے گا۔ اور بے شک اللہ زیادہ بڑا مکر کرنے والا ہے اور الیاسف یہ یاد کر کے پچھتایا اور وسوسہ کیا کہ کیا وہ مکر میں گھر گیا ہے۔ اس گھڑی اسے اپنی پوری ہستی ایک مکر نظر آئی۔ تب وہ اللہ کی بارگاہ میں گڑگڑایا کہ پیدا کرنے والے نے تو مجھے ایسا پیدا کیا جیسے پیدا کرنے کا حق ہے۔ تو نے مجھے بہترین کینڈے پر خلق کیا۔ اور اپنی مثال پر بنایا۔ پس اے پیدا کرنے والے تو اب مجھ سے مکر کرے گا اور مجھے ذلیل بندر کے اسلوب پر ڈھالے گا اور الیاسف اپنے حال پر رویا۔ اس کے بنائے پشت میں دراڑ پڑ گئی تھی اور سمندر کا پانی جزیرے میں آرہا تھا۔

الیاسف اپنے حال پر رویا اور بندروں سے بھری بستی سے منہ موڑ کر جنگل کی سمت نکل گیا کہ اب اس بستی اسے جنگل سے زیادہ وحشت بھری نظر آتی تھی۔ اور دیواروں اور چھتوں والا گھر اس کے لئے لفظ کی طرح معنی کھو بیٹھا تھا۔ رات اس نے درخت کی ٹہنیوں پر چھپ کر بسر کی۔

جب صبح کو وہ جاگا تو اس کا سارا بدن دکھتا تھا اور ریڑھ کی ہڈی درد کرتی تھی۔ اس نے اپنے بگڑے اعضا پر نظر کی کہ اس وقت کچھ زیادہ بگڑے بگڑے نظر آرہے تھے۔ اس نے ڈرتے ڈرتے سوچا کیا میں ہی ہوں اور اس آن اسے خیال آیا کہ کاش بستی میں کوئی ایک انسان ہوتا کہ اسے بتا سکتا کہ وہ کس جون میں ہے اور یہ خیال آنے پر اس نے اپنے تئیں سوال کیا کہ کیا آدمی بنے رہنے کے لئے یہ لازم ہے کہ وہ آدمیوں کے درمیان ہو۔ پھر اس نے خود ہی جواب دیا کہ بیشک آدم اپنے تئیں ادھورا ہے کہ آدمی آدمی کے ساتھ بندھا ہوا ہے۔ اور جو جن میں سے ہے ان کے ساتھ اٹھایا جائے گا۔ اور جب اس نے یہ سوچا تو روح اس کی اندوہ سے بھر گئی اور وہ پکارا کہ اسے بنت الاخضر تو کہاں ہے کہ تجھ بن میں ادھورا ہوں۔ اس آن الیاسف کو ہرن کے تڑپتے ہوئے بچوں اور گندم کی

ڈھیری اور صندل کے گول پیالے کی یاد بے طرح آئی۔

جزیرے میں سمندر کا پانی امنڈا چلا آ رہا تھا اور الیاسف نے درد سے صدا کی۔ کہ اے بنت الاخضر اے وہ جس کے لئے میرا جی چاہتا ہے۔ تجھے میں اونچی چھت پر بچھے ہوئے چھپر کھٹ پر اور بڑے درختوں کی گھنی شاخوں میں اور بلند برجیوں میں ڈھونڈوں گا۔ تجھے سرپٹ دوڑی دودھیا گھوڑیوں کی قسم ہے۔ قسم ہے کبوتروں کی جب وہ بلندیوں پر پرواز کرے۔ قسم ہے تجھے رات کی جب وہ بھیگ جائے۔ قسم ہے تجھے رات کے اندھیرے کی جب وہ بدن میں اترنے لگے۔ قسم ہے تجھے اندھیرے اور نیند کی۔ اور پلکوں کی جب وہ نیند سے بوجھل ہو جائیں۔ تو مجھے آن مل کہ تیرے لئے میرا جی چاہتا ہے اور جب اس نے یہ صدا کی تو بہت سے لفظ آپس میں گڈمڈ ہو گئے جیسے زنجیر الجھ گئی ہو۔ جیسے لفظ مٹ رہے ہوں۔ جیسے اس کی آواز بدلتی جا رہی ہو اور الیاسف نے اپنی بدلتی ہوئی آواز پر غور کیا اور زبلون اور الیاب کو یاد کیا کہ کیوں کر ان کی آوازیں بگڑتی چلی گئی تھیں۔ الیاسف اپنی بدلتی ہوئی آواز کا تصور کر کے ڈرا اور سوچا کہ اے معبود کیا میں بدل گیا ہوں اور اس وقت اسے یہ نرالا خیال سوجھا کہ اے کاش کوئی ایسی چیز ہوتی کہ اس کے ذریعے وہ اپنا چہرہ دیکھ سکتا۔ مگر یہ خیال اسے بہت انہونا نظر آیا۔ اور اس نے درد سے کہا کہ اے معبود میں کیسے جانوں کہ میں نہیں بدلا ہوں۔

***

یادگار کلاسیکی افسانوں کا پہلا مجموعہ

یادگار کلاسیکی افسانے (حصہ:اول)

مرتبہ : سید حیدرآبادی

بین الاقوامی ایڈیشن منظر عام پر آچکا ہے